U0133835

imaginist

想象另一种可能

理
想
国

imaginist

拱 门

木心风格的意义

[美] 童明 著

上海三联书店

谨将此书献给在天国的母亲

如拱门之半，我危弱欲倾；

如拱门之另半，你危弱欲倾；

两半密合而成拱门，年华似水穿流，地震，海啸，

拱门屹立不动……

要知你的强梁在于我，皆因我的强梁在于你啊。

——木心

目 录

辑二

辑三

木心与童明（2003 年 6 月 9 日，纽约，木心绘画巡回展的最后一站）

木心手稿图

槭 Aceraceae

槭是落葉喬木
葉對生·掌狀分裂
我說七裂居多
你說常會分成十一裂
裂片尖銳，有鋸齒
你就麻癢々地鋸我
鋸得我嚙你耳墜，吮吸
吮吸到四月開小花
第一次伏上來滿身是花
果實雙翅果，平滑
你的翅是勁翅，撲擊有聲
你用翅將我裹起又塌散
槭的果翅展開為鈍角
尖銳的快樂是鈍々的
全身都鈍了，尖銳了
果翅藉風力去布種
你藉南風，你不會布種
豈僅是槭，你還是槭科
雙子葉中的離瓣類
是吧是吧是溫帶產吧

溫帶產尤物，羞裸裎
要我兀立在樹蔭下枯等
看你單葉複葉又缺葉托
你的花時而兩性時而單性
花序此也穗狀彼也總狀
萼片，花瓣，皆五頁
五個手指，你自嫌手指短
短手指的命運是慵懶的
你仅乘機巧地唼喋復唼喋
萼片和花瓣有時只四頁
你缺了的，我細細賠
雄蕊八個，雌蕊一個
找到了，子房上位有二室
找到了胚珠，兩粒
早已說定你的果實是翅果
你的種子忘了胚乳
我周圍太多草本情人
來一個木本情人吧，你
我只要風和日暖觀賞你
槭材要你成器具到市場去

你要去就去，明天才許去
享盡這楓葉叢裡的饕餮夜色

1993

一旦你擯我，棄我
也是福了的
不能愛，能思念
人被思念時
知或不知
已在思念者的懷裡
自踵至頂的你呵

安息日，小徑獨步
枯枝剌滿藍空
樹下一灘一灘殘雪
滋潤的寒風拂面
真願永生走下去
什麼也沒有
就只我愛你
傷翅而緩緩翱行

陳夕·夜

本年的晴朗末日
從別處傳悉你的心意後

換了另一種坐立不安
飄墜般循階下樓
投身於晚晚的寒風中
路上杳無行人
黑樹幹後遙天明若鎏金
斜坡淡紅衰草離離
無葉的繁枝竄成灰暈
鄰宅窗前飄懸紙燈
門簷下鐵椅白漆新髹
掌心菸斗鳥胸般的微溫
兩三松鼠逡巡覓食
遠街車馬隱隱馳騁
有你，是你
都有你，都是你
無處不在，故你如神
無時或釋，故你似死
神、死、愛原是這樣同體
我們終於然，終於否
已正起錨航向永恒
待到其一死

另一猶生
生者便是死者的墓碑
唯神沒有墓碑
我們將合成沒有墓碑的神

一月三日

何謂紅塵歷劫倖存者之福
憶往事，悲慟淡如野墟炊煙
何謂離群獨歸驅車若飛者的喜樂
為你，我甘忍悽愴滿懷熊熊希望
壯麗而蕭條的銅額大天使啊
也許我只是一場羅馬的春陰暴雨
還有幾次，多少次，如昏沉昨夜
我舉步維艱，沿城而行而泣而禱
先是你，絕世的美貌驚駭了我
使我不敢對你的容顏獻一頌辭
怕你怨我情之所鍾僅在悅目
崇敬你吐屬優雅動定矜貴風調清華
無奈每當驟見你的眉目鼻唇
我凝而醉，癡而聵，直向天堂沉淪

只夠携一個選民
拉比笑了，說
天國的門猶如針孔
兩個孩子騎着駱駝
也可雙雙穿過針孔
（那時的我
獨佔你瑰瑋的肉體
在駝峯之間
天國門口）

同前

你是真葡萄樹
我願是你的枝子
枝子不在樹身
自己無能結果

你是真葡萄樹
我將是你的枝子
結果甸甸累累
榮耀全歸於你

你是真葡萄樹
我已是你的枝子
枝子夜遭摧折
旦明茁綻新枝

你是真葡萄樹
請你把不結果的
那些枝子剪去
使我結果更多

一月十六日

清俊的容顏
富麗的胴體
這次是你作勢引我抱你
明知一旁有人伏案假寐
我至今以為彼是你的倖臣
你張臂促成我上前緊摟偎慰
真沒料到我的情敵敗得那麼快
是第二度吻於你胸口
仍是那位置．更低了些
像歷盡風波的船

予
诚君辛棄疾張之洞中熊十力
愧我安霍去〻病齐名如孙思一悸

童明：

「明視距離」(Distance of distinct vision)

物理学名詞，中文词典釋为：離眼二十五公分之處，為正常眼視物最明之点，此距離曰明視距離，較此近或遠之物，均不能使像之焦点集於網膜，即不能在網膜上成鮮明之像。

我們借用这詞是應對的，指东西方人文傳統的彼此認知。

木心

十一月七日電话后

1992年

関於「對話」，也是请你在平時觸發什麼問題，隨手記下来，積累既多，再梳理一遍，又會引出新问題，如此則既靈動，而不费力。

序

一

书稿交给了出版社，暂缺《序》。过去了好几个月，编辑先生耐心等待，并不催促。我也在等，似乎等一个顿悟，心里日益急切。

《序》摆在一本书前面，读者视为一个自然顺序的开端，对作者来说却是“事后的想法”（afterthoughts）或后见之明：书里已经说了的，如何归纳得更清楚；遗漏了什么重点，要做哪些补充说明。

顿悟来了，或是没来，不得而知，内心的笔记累积到了临界点，作《序》势在必行。

感觉应该从“文学批评”说起，汉语四个字，英语 literary criticism，两个词，其中的误解却相当普遍。在当下的社会，“批评”会让许多人想到激烈的指责、反对、否定。脑海里也许还浮现出批评者义正词严的姿态，还有被批评者被迫“配合”时胆战心惊的样子。用“批判”二字，强度再增，大有将人打翻在地再踩上一只脚的气势。“批评”和“批判”的含义未必历来如此，然而，那些不言自明的特定历史因素，潜移默化，形成集体无意识，暗暗左右着言行。

乔治·桑塔亚纳在《美感》一书中写道，“文学批评”一语始于十八世纪（其实十七世纪欧洲已经有人这样用），“[当时]许多作者将美学的哲学称为 Criticism，这个词沿用至今，指的是对艺术作品做说理式的赏析 [the reasoned appreciation of works of art]”。桑塔亚纳补充道：Criticism 一词只能用于对艺术的赏析，不能用于对自然景物的审美；在美学的语境里，“Criticism

[‘批评’] 的意思是判断和美学的感知”。“文学批评”指美学判断，不同于纯粹理性判断、道德判断、政治判断的那种判断，这也是康德《判断力批判》的要点。

相互关联的三个词，criticism（现译为“批评”），critique（现译为“批判”），critical（用于 critical thinking，现译为“批判性思维”），扎根在古希腊的逻辑分析传统，词源是希腊语 *kritikos*, *krinein*，意思是：判断、辨识、评价的能力 (to be able to judge, discern, evaluate)。这些语义在美学研究中保留了下来，至于如何判断、辨识、评价，则与审美的感知密切相关了。

“文学批评”(literary criticism) 被误解，与 criticism 同源同义的 critique 或 critical（译成“批判”）也被曲解，引起不小的混乱。康德论及纯粹理性、实践理性和判断力，写出三大“批判”，用的就是 critique 一词，毫无斥责或否定的意思，却加固了辨析和判断的本意。好友俞宁教授讲给我一个具体的事例：李长之先生著《鲁迅批判》，在通德文的李先生笔下就是 critique，也通德文的鲁迅大力支持，还赠送李先生自己的标准照用作书的封面。此书于 1936 年 1 月出版。

谁料想以后的运动中，尤其“文革”期间，李先生为此吃尽苦头，被质问为什么批判伟大的鲁迅。那么，critical thinking 被译为“批判性思维”也有些恐怖，因为许多人会想到批判大会，而不是“思辨”这个截然相反的概念。

“文学批评”就是美学判断，“批判性思维”就是思辨，这个有待普及的常识与当下的理解大相径庭。无论是因为望文生义，还是社会的戾气，对“文学批评”的另类理解，似乎给了一些人暗示或底气，认为借“批评”之名，可肆意对作品及其作者抹黑、泼脏水、责难、否定。这样的做法不是文学批评，书评快手们的自嗨也不是。

在木心先生的生前好友中，我有“文学批评者”这个身份，当然是前面说明的正解。和先生交往，这个自我认知时时引导我的求知欲和好奇心。先生清楚这一点，在某种意义上他也是文学批评者或美学家。我们很自然就能进入相关的话题。先生总是坦诚相告，慷慨指点。他不止一次地说：“现在还没有正常的文化集团。文学创作难，文学批评更难。”“更难”二字只可意会。

将木心文学纳入文学批评并不难，要做得好，做到恰如其分，充满了挑战。

二

善读其他类别的书暂且不论，善读文学的读者有一种能力：不带功利，不做预设，进入作品设定的情景，浸入美学的愉悦（aesthetic pleasure），在感动中会意，在震撼中领悟，灼见或新知都是意外的收获。对艺术的真喜爱，出自人的善良天性。出自本能的审美阅读，是文学批评的基础。

丽贝卡·米德（Rebecca Mead），一位美国读者，这样归纳自己文学阅读获得的"愉悦"："从书中获得的愉悦远不止于轻松的娱乐。那里有受到挑战的愉悦；感到自己的范畴和能力在扩大的愉悦；进入一个不熟悉世界的愉悦；在引导之下与全然是他者的意识产生共情的愉悦；获得别人早已认识其价值的知识的愉悦；进入一个更大对话空间的愉悦。"短短的几句话，朴实，精辟。

康德在《判断力批判》谈及美学判断，提出“个体普遍性”（individual universality）的概念，即：审美既是个体的，又是普遍的。每个人阅读都是在作品中寻找自己，把个体的感受和经历与艺术的经验融为一体，审美先在个体中实现，这是“个体性”。另一方面，在这些个体的审美经验中，可以找到的普遍或共通的元素，就是“普遍性”。由此不难推论：文学批评者更多关注审美的普遍性，但他首先是审美的个体。

同样的道理，从木心作品中获得审美愉悦和启示的首先是个体的读者，许许多多个体经验的共通之处，是文学批评者需要阐释的审美普遍性。因为要展示普遍性，文学批评者的表述更有理论性或哲学性，他必须具有超出普通读者的见识和知识。但是，他自己必须是感知力敏锐的审美个体。如若不是，任何资历和头衔都是虚名。

作为一个美学领域，文学批评的各种功能，促成了各种方法。如果把文学作品比作乐谱，文学家就是作曲家，批评家相当于演奏者。同音乐演奏家一样，优秀的文学批评者对作品要有准确的理解，还能以娴熟的手法再现（演奏）作品的情感逻辑、精神力量、艺术风格。

文学批评与音乐演奏虽有相似，又很不一样。1797 年 5 月 7 日，歌德给席勒的信中说："书籍只有被理解时才算被发现。"（Ein Buch wird doch immer erst gefunden, wenn es verstanden wird.）帮助读者理解文学作品是文学批评者的首要工作。因为媒介是语言而不是音符，所谓"演奏"是另一种的转换：把作品感性的经验转换成比较概念性的语言。

收在《拱门：木心风格的意义》里的各个章节采用了不同的方法。有些是哲学式的论文，通过作品的分析和归纳来探索作者的美学特点和意义；有些是回忆和纪念的散文，意在探讨木心文学内在的生命观、世界观、自然观和历史观；有些则深入某个文学类别（如：短篇循环体小说、情诗），展示传统和互文的横纵关联。类似音乐演奏的几个短章节，用模仿式的阐释做文学赏析；这种赏析又叫细读，归于形式主义批评，即从形式入手层层入里，获得启示。当然，文学批评的各种功能和方法常是混合并存的。

愿意读文学批评的文学读者，期待从科学般严谨的分析中，获得审美的心得、智慧的启发，感受到艺术带来的自由和洒脱。

无论文学批评还是音乐演奏，要做到最好，娴熟的技能还在其次，关键在于能否用心。让原作本有的共鸣再次在读者心里响起，需要灵魂之间的共振。

拙劣的文学批评和音乐演奏，以用心不良为最甚。比如，过度炫耀自己的技能而不顾作品的审美特质，或意欲达到艺术之外的目的，标新立异，却弄巧成拙。上世纪九十年代有一次大型晚会在电视转播，导演让一百个少年在一百架钢琴上同台演出，电视前的观众有亿万之多，一定有不少人叫好，但肯定也有许多人和我一样感到厌恶和痛苦。那些少年每个人都有可能成为艺术家，但百架钢琴同时发音的一刻，他们被扭曲为音乐童工。存心不良的，当然不是他们。

文学批评也可以产生伟大的作品。西方古典时代，亚里士多德的《诗学》、贺拉斯的《诗艺》、锡德尼的《为诗辩护》是文论的巨著。现代历史上，杰出的文学批评家也层出不穷，如尼采、奥尔巴赫、本雅明等等。

在许多情况下，文学批评者和文学作者是同一人。

曾经问木心喜欢哪些散文家，他举例唐宋八大家，我不意外；他以布宁（Bunin，又译：蒲宁）、博尔赫斯这样的散文小说家为例，我也不意外；当他提及尼采、爱默生、卢梭、蒙田这些哲学家，我有些意外。再细想，我明白了他的意思：哲学和艺术本来就不能截然分开。木心的才能是多层面的丰富，其中智慧型的文字，如诗、俳句、格言警句、论说性散文，既是哲学也是文学。

三

二十世纪后期，西方出现了新派的文学批评，他们未必不看重文学作品，但更看重利用作品来演绎某种哲学概念或政治和社会理论，有时候不惜掩没文学作品和作者的价值。美国人有一种诙谐的说法：这是狗尾巴拍在了狗身上，相当于我们说的“本末倒置”。

我无意否定“新派”，而且也学习他们的研究方法，但我更喜欢“老派”。老派的文学批评，产生于对作者艺术风格的钦佩之情，看到自己和文学家代表的高度之间的差距，会诚惶诚恐。但称职的文学批评者会迎难而上，以达到文学作品在意识上占据的高度。

按照某种流行的标准，木心在当代中国文学中常被归于无足轻重的异类。但是，了解世界文学常态的人，知道木心优秀在哪里。我更多谈到木心和世界文学的关联，与我长期从事欧美文学的研究有关。我看到木心跨文明的格局，指出他被忽略的那些美学和思想的特点。但我的角度也有盲点，比如容易忽略木心与中国文学的密切关联。幸好有其他人的工作可以弥补我的缺失。有位很有才能的年轻学者，一直在注释和比较木心的《诗经演》和《诗经》之间的关系，而且已经成书即将出版。很期待。

在华兹华斯眼里，诗人是不普通的普通人；他与普通人对话，具有普通人朴实、激情、想象等优点；但这些优点在他身上成倍增强，变成超凡的能力。华兹华斯的意思是：诗人的不平凡使他更亲近平凡人，也使平凡人领悟到诗的世界如何不平凡。如何判定诗人是否优秀，普通读者的审美体验是基础。

我还有一些想法，在这里补充说明或许会更清楚。

从广阔的世界文学格局而论，对得起文学家这个称号的作者（即“诗人”），应以虚构和修辞的方式开辟思考和想象空间，而不是镜像地反映现实。这与流行的文学观背道而驰，而流行的文学观也流行很久了，俨然是“真理”。怎么同“真理”辩论？

文学的首要是美学判断，不是服务于别的目的。诗人（即文学家）采用“陌生化”的语言重新建构的“现实”，具体、感性、直观，透着生命的神秘和精神的力量，其社会或政治的意义还在其次。文学的力量是丰富意识，激发生命的脉动，而不是通过诱惑，让人模仿投机取巧，重复庸俗肤浅的生活。当后者被误认为是文学时，文学的血脉已断。

诗人的语言是诗人存在的证据。但不能就语言论语言，而是从诗人特殊的语言中找到他的精神探索。我认知中的木心，誓言不做国学大师，而要不断创新，在精神的阶梯上不断攀登（借用歌德的话）。

文学批评者之所以“更难”，因为他要能够识辨天才之手创造的奇迹，能够在作品的细节、喻说、形象、结构之中辨析艺术存在的原理，并将美学的普遍性回馈给公众。

不同于书评写手，文学批评者已经对选中的作者和作品做过甄别并肯定其为经典，他怀着钦佩之情重现原作的美学判断，道出其中的启示，并将作者和作品置于历史和传统之中比较、关联、评价。

还有两点要说明。其一：很少见到一个人将艺术当作生命，毕生投入艺术，以艺术抵抗践踏生命的势力。谈到浩劫中的生死存亡，木心曾经说："不能辜负了艺术的教养。"有人会问：有必要把文学艺术当作宗教或信仰吗？

文学艺术有一点和哲学相似，即以怀疑的清醒，保持思辨的鲜活。如果怀疑是信仰，那么艺术可以算作宗教。艺术是向有限和无限的生命敞开的宗教，是变换视角探索的宗教，是相信生命多样性和无限可能的宗教。不同的文学家有各自不同的信仰，如：托尔斯泰、陀思妥耶夫斯基、歌德、尼采，等等。他们的不同之中有一点是共同的：审美不是生存之外的可有可无，而是生存之内必不可少的灵性生活。

木心诚诚恳恳地说俏皮话："不会审美是绝症，知识也救不了”;“我差一点是无神论，差一点是有神论”。在《遗稿》里，还在喋喋不休。

其二：木心的文体常常是跨文体。曾有人评论：木心的小说写得不好。按照大众熟悉的小说模式来衡量，木心讲故事总是在情绪气氛和故事情节之间，在散文和小说之间,在哲学和文学之间。这些“之间”里，容纳着许多人未曾涉猎的其他“小说”模式,如:契诃夫、布宁、海明威、博尔赫斯、卢梭、爱默生，等等。

比如，讨论《明天不散步了》和《温莎墓园日记》算不算小说，是什么样的小说，不妨从古希腊的漫步哲学流派（peripatetic school）开始，谈到卢梭（Jean-Jacques Rousseau）、赫兹利特（William Hazlitt）、瓦尔泽(Robert Walser)、波德莱尔(Charles Baudelaire)等等，从中可以看到“漫步式叙述”的演变，进而理解木心如何在探索一种新的散文小说。

《拱门：木心风格的意义》收录的章节，断断续续写了许多年。虽然思考了多年，有些章节还没有来得及写，有些还在心里酝酿，有些想到了，但现在不能写。

乔治·斯坦纳，一个老派的文学批评家，曾经说:“文学批评应该出自对文学的回报之情。”这句话甚合我意，深得我心，用以归纳这篇《序》的主旨。

2024年3月21日

洛杉矶

辑　一

木心风格的意义：论世界性美学思维振复汉语文学

一

八十年代以来，木心的文学作品陆续在台湾出版了十多种。我一直在读他的小说、散文、诗歌、俳句、箴言式评论等等，幽邃往复，历久弥新。2006 年，他的作品在中国大陆首次出版，逐渐被简体字版读者了解。

木心的文学作品，令今天的汉语读者既亲近又略感陌生，直接原因是他将中国古文化的精粹注入白话，文笔陶融了古今的语汇修辞，叙述，抒情，或点评，张弛扬抑，曲直收放，皆见独到之处。

而更为奇特的是，木心在继承汉语根脉的同时，还包含了西方艺术思维的特质。他的汉语风格其实是世界性的（cosmopolitan），是世界性美学思维的载体。就传统渊源而言，木心风格不是“一脉相承”，而是“多脉相承”。其精神气脉既系于春秋、魏晋、汉唐的华夏文化，又源于古希腊的悲剧精神，而思维特征和艺术格调又是西方现代派的，且与近三十年来最深思熟虑的西方人文思想（如解构哲学等）息息相关。在当今汉语文学作品中，这样的风格甚为罕见。因此，我的认知是：木心是以世界精神为体的中国作家。他与世界思想和文学的相通，意味着他和现代的中国思想和文学的相关。

“五四”以来，一直有人主张中学为体，西学为用。这种主张未必就是一成不变的真理。如今的世界，全球化已成大势，美学倾向日益跨民族化，民族文化文学必然要有世界视野和特质。那么，民族为体世界为用的看法就值得商榷。西方也走过这样的历程。在浪漫主义时代，“民族性”曾经是文学的重要特征。到了二十世纪，情形就不同了。艾略特主张，一个西方作家必须以整个西方文学史充实自己的想象才可能成就个人风格。至二十世纪中叶，出现了博尔赫斯这样的作家，他不以单一的民族文学和文化为基础，也不拘泥于东方、西方这样的划分，而是汲取世界几大文明（包括中国）的文化精神和喻说而成就风格。从上世纪六十年代至今，当代文化超越各种“单一性”的观念，跨民族的民族文学作品和作家在数量、质量上都迅速上升，文学的“飞散”（diasporic）之势于焉形成。

“飞散”（diaspora）一词源于希腊语，词源的意思，指植物通过种子和花粉的飞散繁衍生命；而它的新解，是民族文化文学获得了跨民族的、世界性的特征。拉美、非洲、亚洲的一批优秀作家都是吸纳了欧美文学之后成就了自己风格，使本民族的文学获得飞散式的繁衍和拓展。

“文化像风，风没有界限，也不需要中心，一有中心就成了旋风了。”木心如是说。

木心是以创新为己任的先锋派（avant-garde）作家，

也是飞散作家，是中国文学在世界飞散的实证。木心风格的意义是：中国文学在他的风格中获得了极丰富的世界性内涵。

这并不是说木心写得和西方人完全一模一样。事实上，他的汉语文字从不洋腔洋调。准确的描述是：木心因精于西方古今的思想经典，而能以自己特有的艺术个性的敏锐去感悟世界性的现象；同时，他又以中国文化的底蕴，把世界历史思潮所关切的命题，揭示得十分巧妙。他的行文常常似乎已至思维的末端却轻逸转身，柳暗花明，进入另一种棋局之解。典雅玄妙，沉挚旷达之中，西方、东方已经浑然一体，不见斧凿痕迹。

许许多多的“他人”加强了我对木心的认知。第一次听到木心的消息是在八十年代末。那时我在美国马萨诸塞大学（安城校区）读英美文学的研究院，有一次去纽约看好友郭松棻。松棻是台湾现代派的著名作家，见面突然对我说：“来了一个大人物。”我以为他指某某政要，他说：“不，是个大文学家。”从松棻那里，我获知当时海外的中文世界里正有一股木心散文带来的春天气息。从纽约回安城我带回来两本木心的书，自己读，也和朋友共享。以后，每逢朋友聚会，必谈木心，都认为他是汉语文学的罕见现象。

九十年代，木心在纽约为海外一群艺术家连续五年讲授世界文学（包括中国文学）。我那时开始在西岸的大学里任教，无法像陈丹青他们那样亲耳聆听。以后，木心的艺术成就在美国引起很大关注，我受所在大学的资助和罗森科兰兹基金会的委托，两次到纽约专访木心先生，请他谈对艺术、历史、文化的看法，不分昼夜地对谈，不觉破晓。访谈的一小部分，后来用中、英文发表了。

对木心风格的认知逐步加深，促成我将木心作品译为英语的决心。因为工作太忙，翻译成果非常有限。我翻译木心的若干作品在各种文学期刊亮相后，接触到一些美国的读者（编辑、诗人、教授、学生等）。虽然我对他们表示惊喜并不意外，但是他们的真诚和表达惊喜的方式令我感动。试引数语，以为见证：

“木心收放自如的文字控制能力，实属罕见。”（Susan Harris，出版社编辑）

“木心是智者，娓娓道来，深刻而机智，他的洞察力之强，使人觉得他在启示录的边缘起舞。”（Ruben Quintero，英美文学教授）

“我喜爱短篇小说，但是好多年不看了，因为没有太好的作品。看到木心的短篇小说让我惊喜。短篇小说又有生命力了。”（Donald Junkins，诗人、教授）

木心的小说“以含蓄的笔法唤醒心灵……使我想起读霍桑小说时经历的那种虽不同却又相似的感觉；生命看似平凡，在平凡的浅象之下却是魂牵梦萦的神秘”。（Timothy Steele，诗人、教授）

“现在是星期六深夜，实际上已是星期日清晨，不过这个世界必须停下来，让我讲几句对木心表示钦佩的话。”（Roberto Cantu，文学评论家、教授，夜读木心《温莎墓园日记》后给童明的信）

这些朋友都是精于文学阅读的读者。他们看到了木心的艺术形式所表现的世界性的思维特征，由衷地敬佩他的前卫和纯熟。

二

擅长散文、小说、箴言等多种文学形式的木心，本质是哲学式的诗人，或称诗性的哲人。换种说法：木心是善于美学思维、擅长美学判断的作家。

以诗而论，木心依据《诗经》，创造性地注入现代内容，写成了《诗经演》(原名《会吾中》)，每首十四行，三百余首。他又作现代白话诗，或以故实的手法抒情，或以感悟的过程叙事，形式各异。记得《巴珑》和《我纷纷的情欲》初次在台湾出版时，深受读者喜爱。此外，还有《伪所罗门书》，那是木心以故实方式抒情的代表作。

木心的散文，形式自由，情理相佐，长短自如，长如《哥伦比亚的倒影》一气呵成，短至俳句箴言，意味深长两三句，可独立又可呼应。

木心的短篇小说尤具西方现代小说的特质，因吸纳了诗和散文的写法而空灵奇妙，例如：《SOS》是小说体的诗，以简约篇幅敲击心灵，直入生死本意。《空房》是元小说（亦即揭示小说创作规律的小说），激情而不失冷静，层层剖析，内容涉及福楼拜式的情感教育。《静静下午茶》自如运用叙述视角、反讽、潜台词文本等现代小说的技巧，人物是英国人，涉及布尔乔亚之无知和肤浅这类的欧洲现代题材。《遗狂篇》是有魔幻特点的散文小说，不同时空和文体并存，而又共享同一主题。《魔轮》是小说体的美学论文，希腊人品和华夏古风糅合一体，妙在其中。还有些篇章看似自传，其实已是以虚为实，如《夏明珠》《童年随之而去》，意义不在私事的叙述，而在对历史、人性、生命的感悟。有些，如《月亮出来了》，类似音乐里的叙事曲。有些，如《温莎墓园日记》《明天不散步了》，有卢梭散步式哲学散文特征而又显然是小说。此外，不少短篇有场景有氛围却不侧重故事情节，因而兼有散文和小说的特征，如《哥伦比亚的倒影》《大西洋赌城之夜》等。还有一些作品具有中国古体小说的鲜明性格，如《七日之粮》《南宋母仪》(后者未见收入现有的集子)，等等。

诗、散文、小说、箴言等形式相融相佐，使木心的作品在探索生命、历史、艺术、哲学等主题时，形成散文诗、诗散文、散文小说、评论性的散文、哲学箴言等灵活的文体。这样的风格同时连接两端。一端是文史哲相融相通的中国古代散文传统。另一端是西方现代和后现代文学风格，如昆德拉、博尔赫斯的风格，已将小说、散文、历史、哲学糅合为一体。

木心灵活多样的形式，引领我们进入美学性思维、美学判断，也使木心的风格具足世界性文学的特征，并构成他作品的中心命题。

美学思维，说来话长，不妨先说什么不是美学思维。

西方文学界逐渐摒弃了文学是现实镜像“反映”的看法。反映论者长期忽视了一个事实，即：“现实”有不同的版本，每个版本已经是一种特殊话语，任何一种“现实”或“真理”也是含有特定转喻和隐喻的话语。“现实”的叙述，始于处理社会关系的某种愿望，这种愿望的表达一旦固定，长期反复，把习惯化了的观念、惯例化了的语言当作“真理”，把并不那么“自然”的思想视为“自然”。“反映”论的文学，一再呈现习惯性的话语，了无新意，损害的不仅仅是文学性。“反映”论的许多作品，排斥语言和思维的新的可能性，还把庸俗和保守的性格合理化。

“反映”论蔚然成风之时，写的人在“反映”，读的人也在“反映”，相互为镜，彼此和谐。一旦看到美学这面镜子，也拿来看看，却看到自己习惯的影像得不到反映，或变了模样，于是责怪镜子不美不真实，是可以预料的。

木心的作品给读者的启示是：美学（艺术性感染力）首要的是语言和思考鲜活而有生命；艺术使习惯性的语言和思维（现实、真理）变形、滑稽，使熟悉的事物突然不熟悉。美学性思维，在于它促使人们用异于常规的方式思考“现实”或“真理”，重新判断。

文学和现实之间如果不是“反映”的关系那是什么样的关系？答：是一种“意味”着的关系。文学的虚构特征是这种“意味”关系的纽带。

亚里士多德说，诗人模仿的未必是发生过的事，而是可能发生的事件。英国诗人柯勒律治又说，对生活的观察是第一级想象（primary imagination），对生活的重组是第二级想象（secondary imagination），第二级想象才是艺术。所以，文学的真实不是指叙述的人或事是否发生过，是否存在；文学的真实与否，在它的叙述编排能否给人以感动、震撼、启示的美学经验，是否透出历史和哲学性的真知灼见。

昆德拉在《被背叛的遗嘱》中说：西方人能自我构建，自我完成（self-actualization），“如果没有欧洲艺术，特别是小说艺术的长期实践，这是不可能做到的。小说的艺术教读者对他人好奇，教他试图理解与自己的真理所不同的真理。就这一点来说，乔朗（Emile Michel Cioran，罗马尼亚裔法国哲学家）把欧洲社会命名为‘小说的社会’，把欧洲人称为‘小说的儿子’，自有其道理”（该书第 6 页）。可见，欧洲人不是只把小说当作消遣读物，而是通过美学思维完善人格。

欧洲小说艺术的成熟，和欧洲人善于阅读小说分不开。我个人觉得，木心的作品是为这样的读者准备的。读者如果不在小说（乃至文学）中寻找昆德拉说的那些艺术特质，也就看不出木心有什么特别了。木心的风格特别看重读者，因而是对读者期待极高的风格。

木心的小说、诗歌、散文（评论性文字除外）中的“我”并非木心本人。艺术家（尤其是小说家）欲深入生命的神秘，多会借力于“他人”的视力；所以，“我”有他人特征，他人有“我”的情理。文学作品中的“我”不等于作者：这是西方文学系大学生首先学到的文学定律。

八十年代，有读者给木心写信，问他何以如此有钱有闲得以在世界各地游览，令人莞尔。且不说木心的生活历来清平淡泊，他作品中抵达的有些地方那是有钱也去不了的，除非是乘坐《一千零一夜》的魔毯。

《遗狂篇》毋宁说是魔毯式的旅行。篇中的四种情景虽是置于古代，真意却指向今天。“我”自如行走于四段不同历史时空并且做见证，“我”的创作者难道不是魔幻现实主义的大师？

“我”在古波斯王宫做客，见到某博士贡献抄来的警句讨好国王。“我”指出其中之诈，享受“警句”的波斯王表面高兴，心里却不爽。“我”从容应对，自出警句，妙语连珠。然后，在波斯王未能加害之前，“我”悄悄离开，前去拜访伽亚谟。以后听说，那位博士成了“国际著名大学者”。

“我”到希腊访问，做了伯律柯斯的谋士。遇到雅典人不愿建神庙，“我”献计，教伯律柯斯用激将法，果然奏效。“我”还见证雅典人的纯朴、勇敢、高尚，见证词还幽默可亲。

“我”去罗马的宰相府见培德路尼斯。这个培德路尼斯正是王尔德所欣赏的那个对美学一丝不苟的文学评论家，他宁死而也不肯赞扬罗马王尼禄写的蹩脚的诗。真正是宁死不屈：“我”亲眼见培德路尼斯为此从容割腕而死。

“我”又旅行到古中国，把一部华夏史记录在魏晋文化比照、激越、高蹈的风度之上，如同坐魔毯完成了一次旅行，“我”又回到纽约的一个交叉街口，忆及波斯、希腊、罗马、华夏古文化中的尊贵人品，因动衷而狂放的思绪，化作如醉如痴的心灵之舞。

试问：“我”是何人？是深知美学判断之宝贵的你、我、他。《遗狂篇》之首有古体诗作引歌，金钟大鸣之后，有如曹雪芹在咏叹。诗曰：“有风东来，翼彼高岗；巧智交作，劳犹若狂；并介已矣，漆园茫茫；呼凤唤麟，同归大荒。”

我第一次与木心先生访谈时，他对我说：他写小说为的是满足“分身、化身”的欲望。他说：“我偏好以‘第一人称’经营小说，就在于那些‘我’可由我仲裁、作主，袋子是假的，袋子里的东西是真的，某些读者和编辑以为小说中的‘我’便是作者本人，那就相信袋子是真的，当袋子是真的时，袋子里的东西都是假的了。”（《仲夏开轩》）

向他请教在写“往事回忆”之类题材时的“我”如何处理。木心回答：“借回忆可以同时取得两个‘我’，一个已死，一个尚活着……现在的我也总是以尊重的目光来看过去的我，但是每每将一些‘可能性’赋予了从前的我。”

很想告诉他，这也是乔伊斯写《都柏林人》时的手法。但忍住没有说，说了反而画蛇添足。艺术家的意向往往不谋而合。

三

并非所有虚构的故事都属于美学范畴。现代布尔乔亚文化影响所致，欧美社会有许多小说艺术之外的小说。昆德拉称之为“不入小说历史的小说”，如小说化的报道、小说化的隐私告白、小说化的政治课，等等，“说不出任何新的东西，没有任何美学的雄心，为我们对人的理解和为小说的形式不带来任何变化，一个个何其相似，完全可以在早上消费，完全可以在晚上扔掉”（昆德拉，第16页）。这种非美学的读物本不属于我们讨论的范围，提到此种现象，因为它随着全球化商业潮而来，常会被误认为世界性的“美学”。

现代的、世界性的美学思维有若干鲜明的特征，见于木心的风格，不妨逐一列举。

首先，美学思维形成的判断，是比其他判断更复杂更高段的判断。美学深入生命的欲望，兼容感性、理性、意志力、想象力形成艺术感动（美），以此评判是非、善恶、高下。美学判断的复杂性使它优于纯粹理性判断。因为它超然于日常的功利目的，以生命的丰富多样为愉悦的根本，又反衬出道德判断的狭窄格局。

康德穷其一生，写了三个批判（critique，译为“思辨”更好）：《纯粹理性批判》《实践理性批判》（即宗教、社会道德等理性)、《判断力批判》(即美学判断)。最后，在他写第三个批判时，对美学判断得出上述的结论。

在道德判断、政治判断先入为主的时候，美学思维反而使我们已有的判断力复杂化，进而产生更能自主的判断。例如，一波三折的《芳芳 No.4》，三次地推迟我们对芳芳变化的判断。等到第四个判断隐隐出现时，叙述人欲言又止，令人回味更深。

政治判断、道德判断画下句号的地方，美学判断常常画下一个问号。

木心的作品，无一例外地运用美学判断，引起对现存价值体系的思考。他大量的散文，更是关于美学判断的论述。比如，他说："轻轻判断是一种快乐，隐隐预见是一种快乐。如果不能歆享这两种快乐，知识便是愁苦。然而只宜轻轻、隐隐，逾度就滑入武断流于偏见，不配快乐了。这个'度'，这个不可逾的'度'，文学家知道，因为，不知道，就不是文学家。"(《已凉未寒》)

以福楼拜为代表，现代美学针对浪漫主义的误区进行了一次情感教育。经过这种情感教育历练的木心，在作品中一再重现这种教育。如同福楼拜他们一样，木心也肯定浪漫的激情和想象特征，可是他在我们正要做出浪漫式结论时，思路转弯，提出其他的问题和可能性。

《空房》里的“我”，大战之后的一天走进山林中废弃的寺院，赫然发现其中一间粉红色的空房，黄色的柯达胶卷空盒、浅蓝的信纸片覆盖在地板上，纷乱的纸片上记录的似乎是“良”和“梅”之间的情书。如果“我”是另一种叙述者，已在粉红色的想象中迷失，编织起浪漫的故事。“我”并非不为眼前的情景所动，而是非常投入地思考这应该是怎样的故事，被跳蚤咬得奇痒难熬也追索不止。起初的思考得出若干有关事实的基本判断：“良”和“梅”可能是一对情侣，爱好摄影，近期在这里住过，等等。尔后，用了几天时间读完那些只记日月不记年份的情书之后，“我”列出七项疑点，每一项都把想象力和历史、人性的复杂联系，逐一置疑和排除了不可能。这个清单否定的不是创作本身，而是流行小说式的情节。这样的清单是现代文学创作必需的开始。

《空房》一一排除的不仅是一些写法，而是过分浪漫的想法，这正是福楼拜的现代价值之根本。福楼拜塑造包法利夫人，直入爱玛的浪漫主义的误区。爱玛读了错书，读书的方法也错了；她读书时缺少木心笔下的“我”所具有的存疑能力，缺少了将现实和想象相关联的智慧。

《空房》是元小说，“我”没有交代故事应该是怎样的；“我”将小说创作的思路整理了一遍，悄然终止。读者知道的是，“我”被空房里红、黄、蓝三色的生命力量感动；“我”大智若愚，憨厚告白：“为了纪念自己的青年时代，追记以上事实。还是想不通这是怎么一回事——只说明了数十年来我毫无长进。”

尼采对现代美学的影响深远；西方将十九世纪至今种种哲学和美学思想归于“尼采式的转向”。“语言学的转折”（又称“符号学转向”）和“尼采式的转向”结合在一起，形成当代解构哲学的主轴。

在西方思想史上，柏拉图以降的理性唯一的真理传统和基督教道德传统结合起来，形成西方文化的价值体系，至十九世纪中叶出现了危机，当其价值不再被视为绝对真理，“上帝死了”。

这并不是尼采自己的宣告。在尼采看来，柏拉图（其实是他的老师苏格拉底）最初的错，是他们为了建立理性传统否定诗和诗人，否定以悲剧精神为标志的希腊文化。《理想国》第十章的矛头直指以荷马为代表的悲剧诗人，将美学和哲学截然对立并割裂。

尼采重新提倡古希腊悲剧精神，并非发思古之幽情，而是对西方理性和道德传统的价值做全面的重新评估。他要纠正柏拉图最初的错，让美学重新成为思辨的一部分，他希望未来的哲学家是诗人，诗人也是哲学家。尼采并不否定逻辑思维，只是警示：沿“理性唯一”的思路，路越走越窄，天越走越黑；仅靠逻辑思维，可能偏离生命的原动力；修辞思维、感知经验，应该和逻辑思维融为一体。尼采在《悲剧的诞生》中用了一个比喻：“实践音乐的苏格拉底”。苏格拉底，柏拉图的老师，是理性唯一传统的鼻祖和象征；苏格拉底如果实践音乐，诗和哲学重归一体。

“实践音乐的苏格拉底”是尼采式转向恰如其分的符号。这样，现代哲学可以在语言和思维之间重新找回有机联系，对人性和真理（简称为：“人”与“道”）的现代探索可获得更强大的生命力。

其实，这就是木心的风格，就是木心风格的意义。

试以最直观的方式注意木心的散文。被木心的文字感染的读者，一定注意到他通过修辞比喻开拓思维的奇妙。例如：将美国文明比作“山洞文明”，令人对现代的思考茅塞顿开，再听林肯中心的鼓声，人类古时接近于宇宙本质的“蛮荒”之力，隆隆而至，相形之下，现代文明的脆弱也显而易见，泛举开来，一篇《林肯中心的鼓声》就是对现代“人”境况的散文论述。

木心的文字基本单元很短，铺垫下去规模却很大，读来有如行走在由一个个比喻构成的山水画之间，一石一木的近景，不经意却必然地和一层又一层的中景远景相衬映，相印证。

尼采的箴言式（aphorisms）文体，也是以短篇为单位，片断积累、衔接之后形成规模。有人说，尼采的每段箴言，就像一支箭，尼采的箴言集成书，好比装满了箭的箭筒，张弓射箭的尼采是英姿勃勃的武士。在《偶像的黄昏》里，尼采自己还有一个比喻，他说手里拿的是一只钢琴的调音器，在一个个历史偶像的要点上敲击，连起来就听出旋律了。

木心和尼采高度相似的这种文体有两层的深意。其一，可避逻辑思维之短，以扬修辞思维之长。逻辑思维得出的理，多是预先设置结论再做推演；黑格尔的辩证理性无非是把一寸长的道理拉长成一里长的论述。富有诗意的思想家却深知思想类似散步，宛如舞蹈，由文字的喻说带出来的思想更有鲜活的生命力。木心谙熟其中奥妙，他说："词句与想法互为先后，想法带出词句，是 [普通] 语言。文学之胜于语言正在乎最珍贵的想法，往往是被词句带出来的。"（《聊以卒岁》）

其二，这种文体的灵活，恰在于不陷入体系。体系一旦建立，真理便绝对，思想便停滞，成为完美的笼子，所以，体系式的语言，是语言和思想的牢狱。

二十世纪的西方文论出现了"语言学（符号学）的转折"，其要旨之一是：在文字不断变化的表意过程中，能指（signifier）和所指（signified）之间的关系，不断变化，常不相等。这个极为重要的见解翻译为直白的汉语，就是：文字符号（能指）不可能只有一种固定的意思（所指）。美学性的表意中更是如此。坚持只有一种意思的话语，坚持的是某种绝对的真理，是体系背后的某种意愿；语言符号的灵活，一是语言符号不同组合的灵活表意，二来因语言使用者的愿望也经常抵触只有一种意思的符号。能指自由，思想才能自由。此为解构哲学的智慧。

用解构的思维解读“道可道，非常道”，老子的话就成为世界性的现代智慧。“道”:“理”也,“语言”（说话）也,一字双关。凡是被“表达”为“真理”的“理”(可道之道),已经离开了不断变化的生命之道。美学思维，不肯把话说死说绝，正所谓：玄之又玄，众妙之门。

尼采和木心文体的灵活自由，应该从这个角度解读。木心在《已凉未寒》开宗明义地说：“蒙田不事体系，这一点，他比任何人都更其深得我心。”

木心和尼采在文体上又有不同。尼采的箴言短句，源自德国赫德林所论的“片断”文体。而木心的短句箴言，承于中国散文随笔和他对日本俳句的革新。木心在散文中，语言运用可履险如夷，举重若轻；哲理的抒发，情志的流露，十分自然；他多借警辟微妙的比喻深入浅出，而“浅出之前的深入，又深不可测”。他的散文，实有中国历代散文的神韵，但是因为他和世界性美学思维的紧密关联，古今散文系列中却找不到完全相同的类型。

长短为两三句的俳句，我们知道是日本的诗形式，起先将诗境设定于自然，以后才扩展到以人、事为题。而木心的俳句是他美学思维另开的一径，个性十足。

唐朝曾有曼姿轻柔的软舞，也有阳刚雄壮的健舞。依此比喻，日本的俳句是软俳，木心的俳句是健俳。

以东方文学为其丰厚的基础，木心形成的箴言式散文，兼容修辞思维和理性思维，绝妙地实现了诗和哲学重归一体的尼采式理想。这个实现，木心有可能是在他的“多脉相承”之中有意无意之间做到的。尼采是诗人型的哲学家，而木心是哲学式的诗人，两人的不同，也相映成趣。

四

中国文化原本极精于美学思维。老子、庄子、《诗经》、屈原、王维、李白、陶渊明，被世界欣赏，已成为世界性美学思维的一部分。

我第一次和木心访谈的时候，问他的文学和中国文化的关系，木心答："中国曾经是个诗国，皇帝的诏令、臣子的奏章、喜庆贺词、哀丧挽联，都引用诗体，法官的判断、医师的处方、巫觋的神谕，无不出之于诗句……中国的古典文学名著达到了不能增减一字的高度完美结晶，而古哲学家又都是一流的文体家，你仓促难明其玄谛，却不能不为文学魅力所陶醉倾倒。"（《仲夏开轩》）木心还谈到中国在书法、山水画、雕刻、工艺、青铜陶瓷器皿等等方面的成就，可与西方的艺术成就相比美。他认为，卡夫卡、庞德、梵乐希、克劳台、博尔赫斯等许多西方人，为中国文化的美学思维所折服。我从木心的神情和话语里，看到民族自豪和世界精神统一在他对艺术的大爱之中。

然而，在现代世界中上升的美学思维，并未统御当代中国文化，至少没有达到在古中国那样的主导地位。中国的民族文学怎样和世界性精神交融，振复美学思维，拓展美学判断，是个大题目。木心的风格，为我们提供了一个思考的契机。

有人说，木心是“五四文化运动”的“遗腹子”，此话不完全对。如果说，着重西学以清理传统文化中的陈腐是“五四”的基本意向，木心与这个意向并不相背。但是，木心风格的内涵又比照出“五四”以来的文学和文化的局限和不足。

“五四”之前之后，国运一直危难，国事一直不堪。以后战火停息，又有和平时期的浩劫。乱世之下，忧患的意识，随着应急应变的种种救国蓝图，渗透到“五四”以来的主导文化思想之中。文学“反映”现实的主张，文学政治化的倾向，至少是淡化了美学思维。政治蓝图压倒一切，美学则可有可无，而不被看作民族个性的必需部分。

“五四”以来形成的主导逻辑又是一种二元对立：中西对立，传统与现代对立，文言与白话对立，等等。

为什么“民族化”和“西化”一定要分为两个阵营？为什么不可以是民族文化在世界思潮中的优化？二分法将两个事物之间的关系视为绝对的不同。

木心风格的潜台词是：民族与世界，传统与现代，文言与白话，我与他，事物之间，应该成为也可以成为，对话的、相互翻译的关系。这也是当代西方哲学艺术思想的新逻辑。

对中国传统文化主要采取否定态度，就很难对中国文化深层的思维和精神总结出模式和规律加以继承。西方自文艺复兴以来的思想史是有章有节地发展的，我们在没有自我规律的情况下做西学之努力，很容易就困惑了迷失了。“五四”之初，揭露封建伦理的虚伪及对人性的扭曲是当务之急，“孔教”成为靶的；儒家之说与中国传统文化画上等号，两者时时被全盘扬弃。这个等号普及到全世界后，儒家常被视为中国乃至亚洲模式的文化符号；在此符合之下，“五四”有意要扫荡的陈腐，当代的某些政治意图，不期然又在新儒学和亚洲振兴的旗帜下复活。

孔子是一流的散文家，为什么不继承他的散文以丰富汉语文学，而一定要把他的伦理道德学奉为圭臬？

胡适先生称“五四”为中国的“文艺复兴”(Renaissance)，至少语义上不够严谨。欧洲兴起的文艺复兴，复兴的是古希腊人文精神艺术风尚，以抵制中世纪教会对人的否定。相比之下，被称为中国文艺复兴的“五四运动”，有对传统文化的批判，却未能复兴中国历代的人文萃华。即便有复兴之意，也未有完成之举或之果。《故事新编》没有编下去，不仅仅是鲁迅先生的遗憾。

木心与“五四”相异之处，被他本人说明的一点，是他看到了“五四”作为“情感教育”失败了。工业革命、法国大革命以后，资本和国家机器结合为一体，加上现代乌托邦理论兴起等等，有形和无形的暴力专制，更压抑了人的个性。现代化的进程，处处是对盲目浪漫主义的讽刺。西方的现代文学，自福楼拜、波德莱尔、陀思妥耶夫斯基，到普鲁斯特、乔伊斯、伍尔芙、卡夫卡等，都是以走出浪漫的幼稚为其现代情感特征的。而所谓新文化，以先天不足的启蒙和后天不足的浪漫去感知世界历史和文化走向，倾心于看似光明的前程，所感所悟不免有差错。

木心为悼念亡友席德进作《此岸的克利斯朵夫》一文，回顾当年杭州艺专的一段陈迹，倾“情的隐私”以作“理的诤讼”，道出未能抵达“彼岸”的一代中国的“克利斯朵夫”（即“五四”以来的浪漫主义者）是新文化运动情感教育失败的产物。木心写道：“如就当时所知的已经成型的人物而言，其中最卓荦者，也不过是浪漫主义在中国的遗腹子……中国没有顺序的‘人的觉醒’，‘启蒙运动’，缺了前提的‘浪漫主义’必然是浮面的骚乱，历时半个世纪的浩大实验，人，还是有待觉醒，蒙，亦不知怎样才启。”满怀拯救人类的激情，却莫名其妙地放弃个性的自由，浮面的骚乱，最后归于现代的乌托邦。

《九月初九》论及中国的“人”和“自然”怎样合成一套无处不在的文化密码，其中可窥见中国人的文化情感基因，又有中国文化不易形成西方人本位的一些缘由。这样复杂的题目由木心写来，轻重缓急，恰到好处，民族情感的沉挚更加强了文化批评的分量和说服力。木心朗朗上口的汉语行文之下，依然是世界性的美学思维。

《五更转曲》写明末江阴抗清的故事。其中八十一日壮烈事，把汉民族宁死不屈的气节作荡气回肠的咏唱，凝聚为中秋夜全城军民不畏危难高唱“五更转曲”。这一段事迹，因史书中所不见而耐人寻味。其品位不单是中国式的，也是希腊式的，即悲剧为生命所作的酒神颂歌。小说结尾处又有《红楼梦》式的暗示：把这段清宫史官并未实录的事迹记下来的，是禅院一位曾目睹耳闻的老僧。“老僧自亦木讷而有心，否则怎能知之甚详呢。”“木讷而有心”者，木心也。

《七日之粮》初看也是旧题材小说，淡淡的小说手法却透出新意。小说中的司马子反得知被围的宋城已粮草断绝到了“易子而食”的地步，便说服庄王退兵，且将仅够自己军队用七日的留粮之一半给宋城。这些多半在司马子反夜里散步的氛围中交代出来，颇有西方心理小说的特点。而司马子反的赠粮纯属木心虚构，将中国古代“兼爱非攻”的思想同现代人痛恨战争无端的心理融成一体，结尾的现代小说式的几笔，意犹未尽，妙不可言。

反复有人说："越是民族性的，就越有世界性。"

是的：具有民族性的，在有些情况下具有了世界性。

又不然：许多具有民族性的，并没有什么世界性的意义。

鉴于几百年来是欧洲文化在世界上占有领先地位，是否可以说：东方（如中国）文化只有在与西方文化相似时才有世界性？

否。与西方文化的相似或不相似不是问题的实质。问题的实质在于，东西方文化的相似或不相似之处，能否使东西方发生历史的、实质的关联。

比如，李商隐的诗在回忆中将过去现在将来做多种的组合，早已具备了"意识流"的一些特征。又比如，佛经中的"阿赖耶识"早已指向潜意识、无意识。但李商隐的回忆性诗艺和"阿赖耶识"，在历史上并没有在东方形成意识流派或心理分析学说，也没有对西方文化造成影响，因此没有形成所谓世界性。它们在世界上悄然隐退，对东方民族文化日益觉醒的世界意识，倒是有警戒的作用。

东西方文化只有在同一时空内产生对话和理解，才具有世界性。这不仅适用于东方的西学，也适用于西方的东学。西方东学中的某些褊狭见解，如属于东方主义（Orientalism）的某些偏见，那是反世界性的。

所谓世界性，不是指相同，而是指相通。相通，可以有分歧，可以不同。相通时有张力，方显得世界精神的博大精深。

各文化之间的相通，最难得的媒介，是对当下的时空具有超常领悟力的某些个人。不同的历史和文化，经过这种超常悟性的整理，本来没有联系的有了联系，原先比较原始的涵意经思想的折射而获得新意。木心的《遗狂篇》就是此种悟性（美学思维）的实例和象征。

对中国历代和西方的人文传统，木心都保持一种情深却不失清醒的思辨，分析不同文化触及其基因时游刃有余，轻轻判断，却深入东、西文化的种种要害问题。要解释木心这种神智器识，还需要勾勒“人”和“道”的层面上形成的复杂的世界性精神现象。

“人的觉醒”，是中国文化与世界文化交汇的关键所在。着眼于此，木心在作品中探索中国人集体潜意识里的文化密码，剖析近百年来中国向西方学习为何迷茫的缘由，重温西方有代表性的思想家以倡导人文精神，描述人性在中国和其他国度的失落，用艺术的容量还人性的最高尊严。

再谈《九月初九》。木心在此篇中列举了中国人百科全书一般的人情世故表达方式，以此揭示了中国文化就其深层心理而言是自然本位的，有别于西方文化的人本位。

自然本位：一切服从于自然和谐，躲避人内心矛盾所迸发出的生命力，以此为文化之本。中国人因自然本位哲学形成一些民族性格，例如为求和谐而形成罕见的耐性，又如将山川草木人格化以至萌生无所不在的乡愁等等，统称为“天人合一”。几千年来，人一厢情愿去与“天”合一，是人有意忘却自然（天）其实无知无情不随人意，却将自然按照人类的特征逐一符号化，以至于文学中“花木禽兽幻作妖化了仙，烟魅粉灵直接与人通款曲共枕席，恩怨悉如世情”。以至于“中国的瓜果、蔬菜、鱼虾无不有品性，有韵味，有格调……似乎已进入灵智范畴”(《九月初九》)。

自然本位文化有其特定的长与短。当人们把和谐的愿望过多地倾注于自然界，也就把人内心矛盾中迸发的生命力淡化。然而人与天、人与人的矛盾又拂之不去，于是产生了东方式的哀苦，一种不是悲剧气质的情绪。所以，自然本位的文化往往淡忘了生命意志才是人之本。木心在《九月初九》中并没有这样直说。他用中国人的含蓄提醒中国人可能在淡忘着重要的事情：“每次浩劫初歇，家家户户忙于栽花种草，休沐盘桓于绿水青山。”

人本位：以人的生命意志为本，以人的生命创造力的强弱判断人生的价值，它源于古希腊，尤其是希腊悲剧。所谓悲剧意义，是深知人与自然比微不足道，很不和谐，却在这样的基础上坚持：人因为有生命有创造力可以和自然一样伟大，人因为这种伟大而美。这种生命意志的咏唱、陶醉、起舞形成的人的尊严，就是悲剧艺术的境界。

木心具有中国文化中情人一般的眼睛，也赞赏中国人的耐性。但是，他把人本位的希腊悲剧精神，记怀为“人的觉醒”的基本。他在《大西洋赌城之夜》里有一段精辟的话：“生命是宇宙意志的忤逆，去其忤逆性，生命就不成其为生命。因为要生命殉从于宇宙意志，附丽于宇宙意志，那是绝望的。人的意志的忤逆性还表现在要干预宇宙意志，人显得伟大起来，但在宇宙是什么意义这一命题上，人碰了一鼻子宇宙灰。”

现代的世界性美学思维，以探索人性的失落和异化为命题之一。在这一层面，木心的探索与卡夫卡、昆德拉、本雅明等有相通之处。但是，他对失落的人性的寻找，基于自然本位和人本位的对比。

《芳芳 No.4》是探索“文革”前后人性为何失落的短篇小说。写“文革”题材的作品太多了，这一篇却迥然不同。“文革”只略提一笔，故事情节似乎也不那么伤感，而且平凡得透明：“我”和芳芳一段渐渐发展的情，在应该浓烈时戛然中止，而芳芳对“我”用情似深不深，似浅非浅，为“我”也为读者留着许多思索的空间。随着“我”几度猜测，芳芳之谜，成为人性在中国特定文化中发生扭曲的一个谜。如此由平凡进入深刻，由透明转入迷思（myth）的小说形式，把人性的追寻化成哲思，将精神推向小说的背景，呈深蓝色，幽静透明却难测其底。我几次与从事文学的朋友谈到这个异象，他们都有同感，且不约而同联想到雷奥纳多·达·芬奇，以为两者所用的方法和探求的目标很是相似。

对人的生命意志有感而悟的道，才是美学意义上的常道。前面说过，这是不事体系的思维。体系往往是要人家为之殉身的道。“老是要人‘殉’的道，要人‘殉’不完地‘殉’的道，实在不行，实在不值得‘殉’。只有那种不要人‘殉’的道，那种无论如何也不要人‘殉’的道，才使人着迷，迷得一定要去‘殉’——真有这样的‘道’吗？（有）”（《圣安东尼再诱惑》）。括号里的“有”，指向美学的判断，美学的智慧。

艺术之道的丰富、自由，读者可以在《哥伦比亚的倒影》中有所体验。由艺术家感悟的生命意识中流出的汩汩泉水，正好是学院模式规范的思维的倒影。这鲜活的水覆盖之广阔毋宁说是人类文化潜意识之河，所以那“倒影潋滟而碎，这样的溶溶漾漾也许更显得澶漫悦目”……

耶稣不答彼拉多的话的原因，被木心以美学智慧解答，其实是看着水和倒影问而不答。“可曾记得审问耶稣的那一句‘真理是什么’，彼拉多一直问（他不需要得到答案）。就这样不停不停一直问到二十世纪暮色苍茫，还在问……”

大概因为“真理是什么”是个学院一直要解决却解决不了的问题，《哥伦比亚的倒影》之后又有《普林斯顿的夏天》。这首自由体的诗，以爱因斯坦的一句话（“真理并非不可能”）铭刻在普林斯顿大学为题，重提艺术之道的无真理论。木心提出一个似乎开玩笑却是很慎重的建议：“真理并非不可能”当时是爱因斯坦的第二句话，前面还有一句话是咽了回去的。咽回去的一句是什么，木心没有直接去回答。猜测比告知答案更能加强判断力。

艺术家所亲近的道，也被木心称为事物的“第二重意义”。“任何事物，当它失去第一重意义时，便有第二重意义显出来，时常觉得是第二重意义更容易由我靠近，与我适合，犹如墓碑上倚着一辆童车，热面包压着三页遗嘱，以致晴美的下午也就散步在第二重意义而俨然迷路了。”（《明天不散步了》）

民族和世界的关系，也是“我”和“他人”的关系。在这一命题上，美学思维尊重对话，置疑二分法，前面已论及。

美学的意识，以多元变化的生命之流为底蕴；具有美学意识的“我”更通人性，所以对“他人”好奇，在他中找我，找事物的第二、第三重意义。

《温莎墓园日记》展示这一命题。叙述者，“我”，在纽约近郊一座无名墓园散步，墓园边上有座教堂，墓园的一角有十四座墓碑，除此而外，是四季变化的墓园景色，比如大风折断的一棵树等等，叙述者常有所思，所见所思录为日记，有时就当作信寄给在日内瓦的女友桑德拉；两人在信里交换见闻，其中包括当年为了华利丝·辛浦桑而放弃英国王位的爱德华八世的那段轰轰烈烈的恋情，以及他们爱情的信物将被拍卖的事情；“我”看着无情和滥情的世界，思考什么是爱；“我”在散步时无意发现放在一座墓碑上的一分钱硬币（生丁）被人翻了身；“我”将生丁翻身后生丁又被翻过来，往复的次数增多，“我”和不曾谋面的“他/她”一次次对话，有如“落入轮回中”。“我”继续写日记，生丁的翻身揭示出对“他人”更多的理解和思考，日记中断……结尾您是猜不到的，自己去发现会更有意思。

这个不遵守爱情小说常规的故事，却是真正的爱情故事。“我”寻找在滥情无情俗情的时代失去的“爱情”，寻找的还是人性的可能。“我”执着的深挚之情，将哲学思考深入下去。叙述者和桑德拉，叙述者和神秘的“他人”，温莎公爵和公爵夫人，相互映照，寓意深长。小说的哲思诗情随季节和墓园情景的更换而变化，那浓郁的情思，最后化为漫天的飘雪。“我”是谁？如生丁上的拉丁语所示：*E pluribus unum*（许多个化为一个）。

木心有两个美国读者，两个未曾谋面的“他人”，他们读过《温莎墓园日记》之后给我写过信。我想把这篇探讨木心风格的文字，结束在他们的感言中。

Cynthia Takano（讲师）："《温莎墓园日记》里的叙述者看到'爱'在二十世纪被滥用和误用，而决心恢复爱是人内心的真诚创造这一基本价值，也就是恢复本雅明所提到的aura（人性的灵韵）。叙述者找到了灵韵，那是在墓碑上发现的生丁，一枚被人翻了身的生丁。这使人联想到，巴尔的摩市一条繁忙的街旁的一座破旧的教堂后面有爱伦·坡的墓；以前去爱伦·坡墓前拜谒的人会撒下一些生丁让穷苦的孩子们捡去。这些撒落的生丁接着两端：一端是十九世纪这位探索人心灵幽深处的作者留下的精神遗产，另一端是人们对现代城市的未来的希望。《温莎墓园日记》里墓碑上的生丁也接通了两端：一端是'我'，另一端是未知的他人……并不是任何人都会捡起这枚生丁的。在偌大的城市里毕竟只有两个人留意到它。一分钱作为钱币微不足道，谁会捡起来放进口袋里呢？但它又有如此高贵的象征价值。"

Roberto Cantu（文学评论家，教授）："木心在接受童明的采访时，坦言了他的衡人审世写小说，用的是一只辩士的眼，另一只情郎的眼，因之读者随而借此视力，游目骋怀于作者营构的声色世界，脱越这个最无情最滥情的一百年，冀望寻得早已失传的爱的原旨，是的，我们自己都是‘他人’，小说的作者邀同读者化身为许多个‘我’，‘文化像风，风没有界限’（木心语），这是一种无畏的‘自我飞散’（a personal diaspora），木心以写小说来满足‘分身’‘化身’的欲望，在他的作品中处处有这样的隽美例子……木心的叙述手法灵活，一篇小说多层次衔接了个人日记、致女友的信件、墓园里的散步思考、以爱情为事业的公爵和公爵夫人。与那个飘零在二十世纪无比哀怨的公爵夫人不同的是，木心的自我飞散因为汲取了‘他人’的精神而呈现蓬勃的生命力。”

2008 年 3 月二稿

洛杉矶

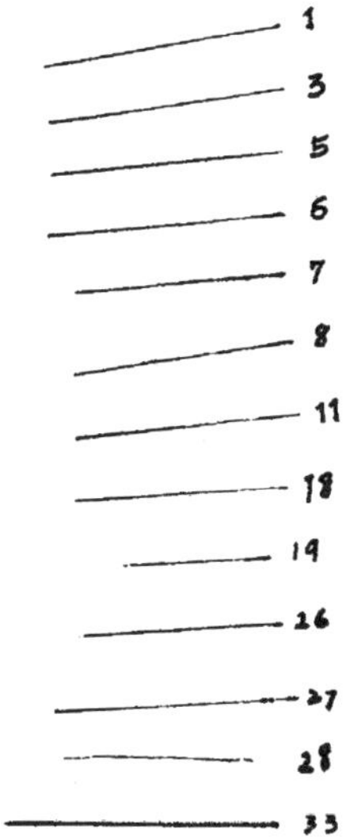
1
3
5
6
7
8
11
18
19
26
27
28
33

《大卫》的妙趣

大卫

　交与伶长

　用丝弦的乐器

莫倚偎我

我习于冷

志于成冰

莫倚偎我

别走近我
我正生焰
万木俱焚
别走近我

来拥抱我
我自温馨
自全清凉
来拥抱我

请扶持我
我已衰老
已如病兽
请扶持我

你等待我
我逝彼临
彼一如我
彼一如我

这首诗，现代汉语和文言自然融汇，平实而诗意浓浓，四字一行的韵律，歌谣式的叠句，在在透出简约而高贵、拙朴而激情的悠悠古风。默读两遍可以确认：这是《诗经 · 国风》风格的再现。

诗的意境，一半靠读者的感知。一位朋友读后有感：这里五个小节（诗段）分别对应人生的五个阶段：少年、青年、中年、老年和临终。想想有道理，但又有些牵强。

前三节彰显了三种情绪状态（分别以成冰、生焰、温馨作比喻），不一定是人生三阶段。人生五阶段的解读，也许受第四、第五节的启示。

一首诗在讲些什么，其口吻是很重要的提示。说话的“我”是一位叫大卫的男子。前四节里，大卫的态度似乎分两种：一、二节像是拒绝，三、四节是在请求；再细读，请求是真请求，拒绝则是假拒绝，实际以娇嗔的方式请求别人“倚偎”“走近”。由此推测，大卫和“你”的关系亲密；前四节的首尾两句重复，回环拥抱的效果，增强了亲近感。唯第五节特殊：第一行请求，后面像预言。

大卫在对谁说话，“你”是谁？大概是大卫的爱人、朋友或家人。但第五节令人怀疑这种猜测："你等待我 / 我逝彼临 / 彼一如我 / 彼一如我"。"你"在哪里等我？似乎指向另一个世界。此外，"我"离开这个世界之后，"彼"会来，"彼"（他）会像"我"一样经历这一切。"彼"是谁？

副标题的提示很重要：这个大卫不是别人，正是《圣经》中的大卫，那位在《旧约 · 诗篇》（*Psalms*）中作为主角的大卫王。

《诗篇》共 150 首诗歌，其中大卫写的有 73 首。属于大卫的诗篇都有这样的副题"大卫的诗，交与伶长。用 × × 乐器"，比如，"用吹的乐器"（flutes），"用丝弦的乐器"（stringed instruments）；有时还标明曲调，如"调用朝鹿"（according to The Deer of Dawn）。木心采用《诗篇》里这样的词句作副标题，明确无误地指向《旧约》的大卫王。他又选了接近中国民乐的丝弦乐器，与《诗经》的韵律颇为般配。

大卫王英俊勇敢。还是小孩子的时候就敢于迎战腓力士巨人将军歌利亚，并大获全胜。后来，他打败扫罗王，神耶和华膏授他为以色列的王。大卫王组建了圣殿赞美诗班，“伶长”指的是奏乐唱赞美诗班的班长，或可称之为乐队指挥。《旧约》中的犹太人与神同行，听从神的指引。在《诗篇》中，大卫称耶和华为牧者，而自比羊群中的羊；他赞颂神的公义和万能，祈祷耶和华给他支持帮助；时而他因为挫折向神抱怨，时而因为犯了错向神忏悔。

大卫的诗篇都比较长，喜怒哀乐，皆随内心感受向耶和华倾诉，很有性格。木心没有引用《诗篇》里大卫的言语，而是根据大卫的性格，以《诗经·国风》的简约风格再现大卫的内心，以获得神似。

《旧约·诗篇》二十二篇第一节：“我的上帝！我的上帝！为什么离弃我？为什么远离不救我？不听我哎哼的言语？”(832) 这样的抱怨，与木心诗中第一、二节的假拒绝，是同一内心活动。

从《旧约·诗篇》的角度思考，《大卫》中的“你”也不妨解读为耶和华或神的存在。大卫的口吻略带娇嗔，像对家长，又像对自己所爱的人，也可以是对耶和华在说话，并不矛盾。

“你”指神一般的存在，“彼”则指另一人。谁呢？

不太可能是下一个王、大卫的儿子所罗门，而是一个将要降临的弥赛亚。大卫还没有见过他："我逝彼临"。

按照基督教的解读传统，大卫真正的继承人一千年后才出现，"彼"是《新约》的耶稣。"彼一如我，彼一如我"，可解读为大卫对耶稣降临的预言。

好诗都有多层意思，那位朋友的解读和我的理解可以并存，而且，还有别的可能性有待揭示。

总而言之，木心的《大卫》看似简单，内藏乾坤。这首诗既是《诗经》，又是《圣经》，是其妙趣所在。

米开朗琪罗用大理石雕刻的大卫，是天使的形象。

木心用熔炼中西诗艺所再现的大卫，是人的灵魂。

两者并列，相映生辉。

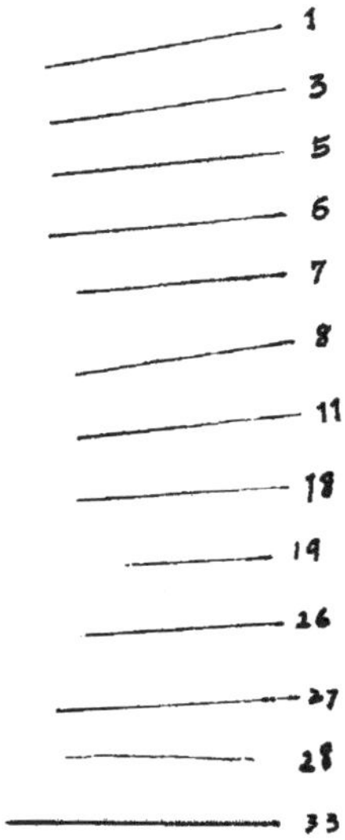
1
3
5
6
7
8
11
18
19
26
27
28
33

读《末期童话》

末期童话

我独自倚着果核睡觉
今日李核
昨日梅核
明日桃核

我倚着果核睡觉
香瓤衬垫得惬意

果皮乃釉彩的墙

墙外有蜜蜂，宇宙

此者李

明日余睡于桃犹昨日之梅

不飨其脯不吮其汁

我的事业玉成在梦中

其实，夫人

余诚不明世故

何谓第四帝国的兴亡

夫人?

我的预见、计划

止于桃核

世人理想多远大

我看来较桃核小之又小

昨梅核今李核明桃核

我每日倚着果核睡觉
忙忙碌碌众天使
将我的事业玉成在梦中

这首诗里的世界，大约可以参照斯威夫特小人国的比例；独自躺在果核里的这位，身材应该比果核小很多，里面似乎有足够的空间；他的“香瓤”床褥舒适无比，外面有“釉彩”的果皮作墙，墙外是从事甜蜜事业的蜜蜂在合唱；他每天换居所，轮流在梅核、李核、桃核里歇息，却“不飧其脯[也]不吮其汁”，只为了安静的睡眠，好在梦中“玉成”其“事业”。

如此瑰丽的童话世界，似乎只在西方文学见过，而“我”的口吻又略带汉语的古韵；中西融汇而毫无违和，已是木心风格的印章。

叙事的“我”平实而诙谐，行文用字又十分娴熟，不是稚嫩懵懂的孩童，而是历经沧桑童心未泯的老顽童。

想起尼采的话：儿童—骆驼—吼狮—儿童，经过人生四变的“儿童”，兼有儿童的纯真清澈，骆驼的负重能力，吼狮的战斗精神。

又想到丹麦王子的那番话："哦，上帝，如果不是做了噩梦，我即使困于果核中，仍旧是无限宇宙之王"（O God, I could be bounded in a nutshell and count myself as a king of infinite space, were it not that I have had bad dreams）（*Hamlet*, Act 2, Scene 2, lines 239-241）。木心诗里的这个"我"，似乎摆脱了哈姆雷特的噩梦，心安理得地寓居在无限而永恒的宇宙。

习惯于对现实直接发声之文体的读者，会觉得木心的写法矫情，玩世不恭。而另一些读者喜欢木心文学，又恰恰出自本能认同木心的这种写法：他们对陈腐的叙事本能地厌恶而摒弃，对木心似乎游离于陈腐之外却与现实若即若离的风格，感觉到一种特有的清新而产生共鸣。

木心的风格其实是：玩世"有"恭，恰好是当代解构哲学所说的"自由游戏"（freeplay）。热爱自由而游戏，是谓自由游戏。以自由的灵魂冷对世界的荒谬和残酷，坚持文学的本色，也是一种力量。

《末期童话》是自由游戏的童话世界，为讽刺和鞭挞开辟了空间。

“我倚着果核睡觉 / 香瓤衬垫得惬意 / 果皮乃釉彩的墙 / 墙外有蜜蜂,宇宙”。轻声道出“宇宙”二字,说明这人并非在酣睡，他由里向外的自在，通透着自里向外的宇宙观。

睡在果核里的这人如此惬意慵懒，在过小日子吗？非也。在童话的语境里，冷不丁冒出一段：“其实，夫人 / 余诚不明世故 / 何为第四帝国的兴亡 / 夫人？”这一问有意文绉绉的，却十足是老戏里的道白，玩兴十足，调皮十足。细品其言下之意，厉害了。既然都知道第三帝国的兴亡史，那第四帝国指什么不言而喻。老四和老三，同样的逻辑，同样的运行，同样由兴而亡的宿命。“何为第四帝国的兴亡，夫人”？略带揶揄故意这么一问，帝国的春秋大梦应声破碎。

睡在果核里的这位真不简单，他唤来“忙忙碌碌众天使 / 将我的事业玉成在梦中”。与帝国相对抗的这个梦，是文学艺术的大事业。“我的预见、计划 / 止于桃核 / 世人理想多远大 / 我看来较桃核小之又小”。看似自谦的前两行，意在加强后两行对“世人”及其“远大理想”的讽刺。

木心的作品反复述说一个主题：艺术根植于生命的本能，看似羸弱，却很强大；以生命本能抵抗反生命的恶势力，正是鲁迅所说的摩罗诗之力。

“果核”的比喻则与木心的“植物性”比喻有关：文学艺术是植物性的、战略性的；政治经济是动物性的、战术性的。动物性看似强大，终究还是植物性胜出。

草木有本心，不求美人折；诗句有本色，不惧庸人责。这是文学和植物共有的自主性。自称“为艺术而艺术”的王尔德，他表达蔑视和反抗的方式，从容而潇洒。

我翻译的几个木心短篇在美国网络期刊《没有国界的文字》上发表时，编辑对我说：她看过许多中国作家的作品，木心是极少数懂得“内敛”的作者（He is one of very few Chinese authors who knows how to exercise restraint）。此话转告木心，他笑答：“艺术中的收，其实是收放自如。”

“末期”可做两种解释。一、人的暮年；二、某历史时代的末期。

按第一种理解，暮年之人虽也说些童言童语，对世界的看法早已不天真烂漫。许多成为世界文学经典的童话，都是老少皆宜，写给“所有年龄的孩子”。

按第二种理解，木心的《末期童话》是以诗和植物共存的宇宙观应对历史，意在宣告：那个帝国毕竟也要终结的。

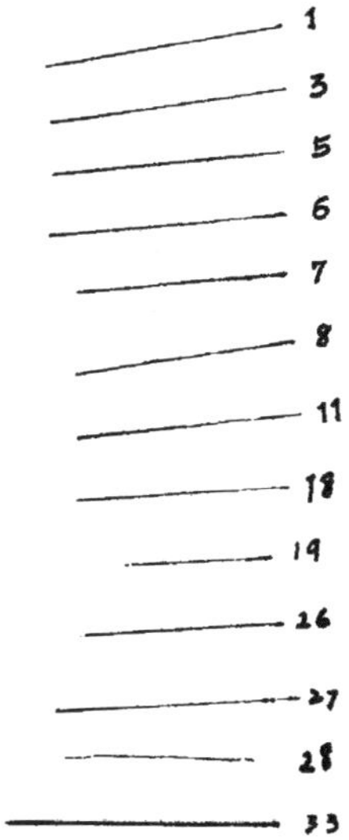
1
3
5
6
7
8
11
18
19
26
27
28
33

世界文学语境中漫谈木心的情诗

在异彩纷呈的当代汉语诗中，木心的风格与众不同，情诗更独具一格，深受喜爱，但也常处在被不解和误解之中。木心多层次多维度的情诗，与中国古代文学的联系时有人谈及论及，有人专门研究他和《诗经》的承继关系已颇有成果，但他与世界其他文明的情诗那些隐隐约约的关联则论者不多。我侧重后者谈一点感受。因古今中外的情诗浩若烟海，只能选择性做些类比和评论，间插我和先生之间过去的一些谈话，是为漫谈，冀望能寻获一些规律，触及情诗的某些特质，借以窥探木心情诗的独特之处。

非主观诗学中的情智欲

抒情诗（lyrical poetry）是广义的情诗，包括情诗而不止于情诗。狭义的情诗，必涉及男女之间的爱情或私情，英语用 love poems（poetry），指谓清楚。

狭义的情诗，常见的形式是各种情话的模拟，必涉及爱的激情及其感官体验。西方人谈及这一面，会用“Eros”，译为一个字“欲”，两个字“情欲”或“色欲”。

无欲不成情诗，这是常识。如何表述“Eros”，则是诗艺。比如，情诗的表述，通常要有适度“陌生化”（defamiliarized），以委婉的词语达获艺术效果。

2010 年夏天，我在乌镇拜访木心先生，其间有松弛的一刻，木心吸着烟，一如既往的幽默和机智，缓缓道来：“有读者评论，说这老人还写情诗，而且写得那么艳丽，好像怪我不该红杏出墙。不出墙，还是红杏吗？”说完爽朗而笑。木心对自己诗中的“情欲”的表达坦然自若，一册诗集的标题就是《我纷纷的情欲》。

脑补木心的几首情诗,那可真是:红杏枝头春意闹。如《雅歌撰》，有这么几行："我良人 / 我爱 / 我的佳丽 / 你美丽　全无瑕疵 / 你舌下有蜜有奶 / 你的脚趾使我迷醉 /……/ 我每夜来 / 像羚羊小鹿 / 欢奔在乳香冈上"(木心,2015:56—57)。那首描写男欢女爱的《脚》也格外直白："你的津液微甘而荽馨 / 腋丝间燠热的启示录 /……/ 我伏在你大股上，欲海的肉筏呀"（2015：49)。至于《旗语》(2015:216—219),更是一首“Eros”满满的奇诗，后面再细谈。

这算不算色情诗？当然不是。木心写情诗，最不愿辜负的是古今中外的情诗传统。在世界文学的情诗宝库，“Eros”与生命和历史的感悟，与生死循环的大自然，与神话和经文等浑然一体。就伊斯兰和希伯来古文明中的情诗而论，情欲和灵智浑然一体。木心长期潜心于这些传统，自然写的是情诗。

换个方式说，情诗不是禁欲的领地，但好情诗不能以色欲为最终目的。木心的情诗并非只有“欲”，而是“情、智、欲”三者相辅相成，构成整体的品位。

“情”和“欲”也可拆开理解：欲望关联着复杂的情感。“智”则指灵智、智慧、智识，引领“情”和“欲”走向生命的神秘，即情诗的精神境界。“智”是情诗的灵魂。

情欲无疑是人生最基础的节奏和韵律，波涛起伏之处，尽显人生百态、人性复杂。木心写情欲，总能捕捉平凡中的不平凡。如《雨后兰波 · 王权》描写年轻情侣的欢欣雀跃，张扬跳脱；容貌清俊的一男一女，在广场上互相封王封后，然后“她笑，颤抖，他颤抖，也笑 / 双双倒地不起”；接着，像安徒生或王尔德童话世界里的场景：“这天上午，他俩就是皇帝、皇后 / 这天上午，家家屋前挂出鲜艳旗子 / 猩红的丝幔 / 这天上午一男一女沿着棕榈大道 / 威严地向前走去”（2015：246）。

又如《歌词》：“你燃烧我，我燃烧你 / 无限信任你 / 时刻怀疑你 / 我是这样爱你”（2015：46），短短几行，生动勾勒出情人间不知所云、自相矛盾的情话特点。

爱情并非静态，其变化如四季：时而春风化雨，炽热如夏，时而秋风萧瑟，严寒刺骨。爱的冬季是失恋，依然刻骨铭心。热恋是一时，失恋却是一世。如此等等，凝练成诗句，皆为生命的图景。

无论描写何种情景，能引起共鸣的才是佳作，使经历（过）爱情的人从中发现自己的心声，找到与自己情感起伏相对应的词句，相濡以沫时可吟咏，默默于心时可沉思。

好的情诗情真意切，而且通常是一个“我”在叙事，人们因此习惯性认为：这个“我”是诗人自己无疑。然而在多数情况下这是误解，并且涉及一个严肃的美学问题。

王国维曾说：“客观之诗人，不可不多阅世。阅世愈深，则材料愈丰富，愈变化……主观之诗人，不必多阅世。阅世愈浅，则性情愈真。”（2018：10）就文学理论而言，王国维做此区分很有必要，只是这番话停在了常识和印象的层面，并未在观念上深入下去，结论略显草率。

在西方文论史里，把自己的身份和情感经历

摆进抒情诗并以此为主题的诗人，称为“主观性诗人”（subjective poet），相应的诗学称作“主观诗学”（subjective poetry）。有些浪漫诗人，如华兹华斯（William Wordsworth），主张过“主观诗学”。而华兹华斯诗中的“我”，其实也被自己的诗艺极大改变（如多次改写的长诗 *Prelude*），不囿于诗人自己的经历和情感了。华兹华斯看重的是，诗人的情感自然涌出之后形成的诗句，但补充说：诗人只有在重新思考、认真修改的过程中才会发现“有价值的目的”（worthy purpose）（Wordswoth，306—318）。所以，华兹华斯的诗在实践中未必完全是主观诗学。

英诗还有“自白派诗人”（confessional poets），如西尔维娅·普拉斯（Sylvia Plath），通常被归类为主观性诗人，实际情况也并非“主观”可以概括。

更多的抒情诗人，包括留下不朽诗篇的诗人，不以自传为目的，不把诗人自己作为诗的主体、主题或目的。他们会把自身的某些感情经历移运到诗里，但诗中的“我”和情景却是为达到某种文学目的的虚构。

“智”的关照，与阅历有关但并不局限于阅历。成就不凡的诗人不以自己的情史为目的，而以情欲引导识和悟，进入生命的丰富多样。

福楼拜主张的“非主观诗学”(the theory of impersonal poetry)，一语概括：隐去艺术家，完成艺术。木心多次重复此话，以表明这也是他的艺术观。

情诗中的第一人称，多呈现为二律背反（paradox）的悖论：似我而非我；看似主观，实则客观；虽有私情痕迹，终究不是私情。

怎样理解这个“我”？兰波用法语答：“Je est un autre.”（我是一个他者。）

美国的文学教授有个直白的讲法：That “I” is not the poet’s own person, but his created persona（那个“我”不是诗人本人，而是诗人创造的他者“我”）。汉语里在“我”前面加“他者”二字，方能说明：person 和 persona，一个字母之差，却有美学认知上的差别。他者“我”，the persona，是诗人的面具。越是有成就的诗人，可供使用的面具越丰富。

商籁诗（sonnet，十四行诗）是情诗常见的一种形式。莎士比亚写了 154 首商籁情诗，显现 154 种情景，

154 种人性的可能。其中的"我"是莎翁吗？以商籁诗第 73 首为例，其中的"我"是在弥留之际，显然是虚构。

欲要幻化出一个又一个的他者人格（personae），诗人须调动自己的感情经历，想象或借鉴其他情景，更要有对生命现象的深刻体会。写私情不为私情，为了什么？木心对纪德的一句话念兹在兹：艺术能承担人性的最大可能。

古希腊语的"诗人"（poietes）一词是"创造者"（maker）的意思。亚里士多德的《诗学》对诗人的定义，可浓缩为："可能性的创造者"。真正的诗人，以生命的无限可能为地平线。

尼采（Fredrich Nietzsche）和艾略特（T.S. Eliot）都阐述过"非主观诗学"，视角不同，涉及此话题的不同层面。《悲剧的诞生》的第五节，尼采提到荷马同时代的抒情诗人阿尔基洛克斯（Archilochus）。许多人认为，阿尔基洛克斯是西方写抒情诗最早的"主观艺术家"。尼采断然反对这个看法："我们觉得这种解读是徒劳的，因为我们认为主观艺术家就是糟糕的艺术家，因为我们首先主张，在每个艺术类别和所有的艺术中，必须战胜主观性，必须解脱自我，必须使个人的意愿和欲望保持缄默；事实上，我们不能想象真正的艺术作品，哪怕篇幅最小的，会缺乏客观性，缺乏客观的思考。”（Nietzsche，445。童明译）

尼采的美学基石是：真艺术家必有大生命观（即酒神生命观），看似“个人”的抒发，实则是以日神（the Apollonian）形式在展开酒神（the Dionysian）大生命的图景。尼采认为，阿尔基洛克斯经过了酒神的洗礼，在大生命观的关照之下，已将个人经历转换为客观意义上的生命图景。

艾略特的《传统和个人才能》（“Tradition and Individual Talent”）一文，是浪漫主义转向现代主义的重要宣言，所以反对浪漫派的“主观诗学”，承继的是福楼拜“非主观诗学”。艾略特认为：要走向诗艺的成熟，诗人必须进入以往的文学传统去学习过去诗人（dead poets）的风格和语言，再以个人才能重新加以提炼并转换，以此更新传统。诗创作是“消除个人”的过程（a process of depersonalization），甚至是“自我牺牲”（self-sacrifice）的过程。艾略特用了一个贴切的比喻：把氧和二氧化硫放在一起产生化学反应，需要薄薄一片铂（platinum）做催化剂，反应完成之后将铂移去，铂并不受影响。诗的创作，是对以往经典诗作的再次熔造；诗人的头脑就是那片铂；诗人的智慧和才能参与了熔造式的创作（如化学反应），却不留下个人的痕迹；成熟的诗人不会也不应该把自己当作诗作的主题和目的（Eliot，539—540）。艾略特说，诗人如果有什么了不起，不是因为他的个人经历；他诗中的情感（emotion）不是个人情感，而是根据诗中剧情而想象的"结构性情感"（2007：541）。

他者"我"面面观

喜欢木心诗歌的读者中，把木心当作"主观性诗人"，或把他的情诗读作情史的，不在少数。可分两点说明为什么这是误解。

其一，如艾略特所说，诗人如果有什么了不起，并不是因为他的个人经历。木心的艺术和他的人生经历之间，是一种"意味"的关系。木心写作的动力，类似于普鲁斯特写《追忆逝水年华》，为的是以艺术创造的方式重新生活一遍。他发现的艺术原则之一，是把自己化为他者，他（她）中有我，我中有他（她）。木心所经历的时代薄情寡义；他对此表示蔑视和抵抗的方式，是以生命本能和诗意的想象再造一个与薄情、残忍、愚昧截然相反的世界，一个更有人性温暖的世界。

其二，如果视木心为主观性诗人，就低估了他的虚构能力。文学之所以为文学，木心之所以是木心，原因之一在于虚构。这是西方文论史上充分讨论过的话题。虚构不仅依赖想象力，还包括修辞能力和形式创新的能力。巧妙的修辞，即刻就是虚构，呈显更高意义上的真实：对生命的感悟。

木心的情诗，从虚构他者"我"（personae）开始，设想出与"我"和"你"（被爱的人）之间多种的剧情。诗中的"我"并非木心本人，"你"也不是作者的情人，而是虚构的他者。他中有我，我中有他。

比如，《芹香子》中的"我"是女性，不是木心自己，而某种意义上又是木心。如伍尔芙所说，优秀的作家具有"雌雄[男女]同体的想象力"（androgenous imagination)(Virginia Woolf,607—610)。同样的道理，他者“我”在族裔、职业、宗教信仰等身份上也往往与作者不同。

诗中的剧情越逼真，越令读者感同身受。情诗中的“我”和“你”甚至不限于现实生活中的情人。木心情诗中的“我”，有时幻化为植物，有时说着彼岸的语言，有时则是神的化身。

恋人的情感自成剧情，或幽怨，或哀婉，强度升级，变为切肤之痛。大诗人模仿生活为的是以假乱真，营造强烈而逼真的情绪，由此产生新意、新的可能。

《十四年前的一些夜》(2015：58—59)的前几行，“我”的情绪好大，像极了撂狠话的情人。

自己的毒汁毒不死自己
好难的终于呀
你的毒汁能毒死我
反之，亦然

读者被剧情吸引，再读下去，发现的却是一个瑰丽的世界：“白天走在纯青的钢索上 / 夜晚宴饮在 / 软得不能再软的床上 / 满满一床希腊的神话 / 门外站着百匹木马 / 那珍珠项链的水灰的线 / 英国诗兄叫它永恒”。

宴饮、软床、珍珠项链乃实物，却唤来超验的意境。实与虚天然一体：满床希腊的神话；站在门外的百匹木马；珍珠项链上象征永恒的水灰的线。

写实而不囿于实，如同竖起一座拱门，一半是稍纵即逝的当下，另一半是不受时间限制的永恒。没有当下的现实感，永恒变得空洞抽象；没有永恒的眷顾，当下又有什么意思，还有什么趣味。

《十四年前的一些夜》分三个诗段，每段最后的一行分别是：“说了等于不说的话才是情话”；“干了等于不干的才是圣杯”；“静了等于不静的夜才是良夜”（2015：58—59），这三行妙句并列齐观，情智欲一体，探出墙头的红杏顿时空灵。

又如，“情人间的抱怨”（lover's complaint）是情诗传统中的一个常见的母题（motif）。抱怨的原因各有不同，情诗的高手善于从中发掘可能性。安德鲁·马维尔（Andrew Marvel）的《致羞涩的情人》（“To His Coy Mistress”）是经典的例子。诗中的男子看似在迁就羞涩的情人，实则抱怨情人的羞怯太耽误事儿，急切之中极尽夸张之能事，奇特的修辞展现出跨越时空的生命图景。

木心的《眉目》模拟一个失恋人的抱怨，俏皮的口吻，令人忍俊不禁：“你这点才貌只够我病十九天 / 第二十天你就粗糙难看起来 / 你一生的华彩乐段也就完了 / 别人怎会当你是什么宝贝呢”（2015：47）。《以云为名的孩子》最后的两句：“偏偏是你的薄情 / 使我回味无穷”（2015：54）。果然回味无穷。

以时间的轴线划分，木心涉及的情人情事可分过去、当下、未来。写当下的，如《歌词》（2015：46）。写过去的回忆，如充满青春情欲的《河边楼》（2015：11—12）和《春汗》（2015：13—14），有明显的历史印迹，是向贫困岁月中生命意志的韧力致敬。

还有一类，“我”所倾诉的真正对象，看似过去的或当下的恋人，真正的对象却是尚未出现的未知的情人。这样，时间上朝向未来，心理上朝向理想，这是木心情诗绝妙的一处，也是常被忽略的维度。

前面提到的《眉目》的第一句是："你的眉目笑语使我病了一场"；"我"开始时在抱怨"你"，接下去就决然舍弃，结束于："我将迁徙，卜居森林小丘之陬 / 静等那足够我爱的人物的到来"（2015：47）。

《夏风中》最后一个诗段也是如此："懒洋洋，我坐在木栏上荡脚 / 等待最后的情人的到来 / 真是的，我便能一眼看清"（2013：156）。

再如《论白夜》："谁愿手拉手 / 向白夜走 / 谁就是我的情人 / 纯洁美丽的坏人"（2015：208）。

理想的情人，亦即理想的拟人化，是锲而不舍努力却尚未抵达的美，如同歌德《浮士德》最后一句，兼有抽象和具象："永恒的女性，上升"。

木心曾说：艺术是"光明磊落的隐私"。这是他许多智性的俏皮话之一。他并非在说喜欢公开自己的"隐私"，而是暗示：能坦然公开"隐私"的唯有艺术。而艺术是无私的，因而光明磊落。

中外杂糅的多元脉络

用熔炼过的汉语、叙事的语调，来营造心灵的风景，表达委婉曲折的情致，木心称自己这种写法为：以故实抒发情致。木心这个风格在晚年炉火纯青，以《伪所罗门书》最为显著。他在给我的一封私信里说，这是“‘情致’与‘故实’的技巧平衡”；“是一个深意无限的美学话题（也是事关艺术成败的方法论）”。

以故实来抒情的木心风格，因规避过度艰涩的语言，会令某些“现代派”质疑：这种风格是否削减了诗意。但他平实中的高雅，又会令“口语派”认为，这种诗风有贵族气，不合时宜。左右都不逢源，也是木心风格的宿命。

木心的汉语很特别，是口语、方言、文言和典故的杂糅，产生的平实效果，却不是平淡无奇，类似于华兹华斯提倡的“散文体”（prosaism）：简洁中间有艰涩，有陌生感，却不过度装饰，似乎在暗示：体格健壮就敢亮出肌肉，不需要一层层华丽的衣饰。

艰涩而不逾度，引入私情又超越私情，这样的情致抒发看似熟悉，却有天外之光的启迪。以他专注于语言和形式的创新而言，木心是真正的现代主义先锋派。

因为木心对“五四”的方向持有批评，不应称他为“五四的遗腹子”。称他为“五四的遗腹子”的方家自有其道理，姑且不论。他们有一点看得很准：木心对汉语文学的一个重要贡献，在于他成功保留并继承了民国时期的汉语风格。木心能像周氏兄弟那样，将口语、方言、文言文、典故、翻译形成的新语有机混合。不过，这样评价木心缺了一个重要的维度：木心的汉语之所以与众不同，恰恰是因为他大量吸收了世界文学的不同风格，与世界性诗传统之间有多元的关联。

《五岛晚邮》（2015：62—82）是由十四篇日记式情书合成的组诗。“五岛”指大纽约的五个区。诗的真意，却不是写当下的纽约或日常生活。这组情诗既有李清照那样脱俗的故实，又有异国他乡的古韵古风，简洁而又华丽。

木心的情诗里，有伽亚谟（Omar Khayyam，《鲁拜集》的作者）、鲁米（Rumi）、哈菲兹（Hafiz）等古波斯诗人的情感韵味。这几位诗圣共有的特点是：一面是大胆、热情、奔放，直言不讳的世俗享乐，另一面则是崇尚灵性生命的神秘主义，两者巧妙融汇。这些诗作和诗风，数百年来在世界上广为流传，经翻译、模仿、改写的多代轮回，早已是世界文学的共同财富。

《圣经》也是各种诗歌风格的宝库，如：《约伯书》（*Book of Job*）；大卫的《诗篇》（*Psalms*）；所罗门的《雅歌》《传道书》《箴言》（*Song of Songs*；*Ecclesiastes*；*Proverbs*）等。其中《雅歌》多是情诗。木心对《圣经》的熟悉，见于他的《文学回忆录》。他的短诗《大卫》，是《诗经》和《圣经》的绝妙结合。他对《雅歌》情有独钟，有几首情诗兼具《国风》和《雅歌》的妙思韵味。有首短诗名为《雅歌撰》，有本诗集名为《伪所罗门书》。

古波斯情诗和《圣经》中的情诗分属不同的宗教传统，却有共同点：世俗的爱情欢悦，受神的佑护和指导。在苏菲神秘主义和基督教的情诗传统中，被爱的“你”（the Beloved）有时就是神的存在。木心情诗时有这个指向，却秘而不宣，只对会心会意的读者拈花微笑。木心诗歌语言很有弹性，那是灵肉一体的弹性。

从多脉的资源中取材，与经典诗传统的互文，但这些经木心提炼转变，全然一新，自成一体，其独特可从木心的节奏、语调、简洁中的激情、幽默中的机智、整体的结构中体味。

从《五岛晚邮》和其他的情诗中，虽感觉到多元的中外脉络，却难以辨认具体的源头。借用艾略特的比喻，诗人木心的头脑也是一片铂那样的催化剂，参与了化学反应般的创作，铂退出后并不留下自己的痕迹。他的诗创作不仅是化学反应，更是炼金术。木心能把《诗经》和《圣经》，《国风》和《雅歌》，融于无形。还有哪一位汉语诗人，在广度和深度上具有这样熔炼世界性传统的才能？

我自知学识有限，但凭直觉感觉到《五岛晚邮》里希伯来和波斯的古韵。试举其中若干平实而又绝妙的诗句，以请教方家：

“我愿以七船痛苦 / 换半茶匙幸乐…让我尝一滴蜜 / 我便死去”（2015：63）。

“真愿永生走下去 / 什么也没有 / 就只我爱你 /

伤翅而缓缓翔行”（2015：65）。

“壮丽而萧条的铜额大天使啊 / 也许我只是一场罗马的春阴暴雨”（2015：67）。

“我们才又平静 / 雄辩而充满远见 / 恰如猎夫互换了弓马 / 弓是神弓，马是宝马”（2015：68—69）。

“灵魂像袋沉沉的金币 / 勿停地掏出来交给情人 / 因为爱情是无价宝 / 金币再多也总叹不够”（2015：69）。如此等等，不胜枚举。

互文联系不明显时，读者需要借助联想来判断。比如《肉体是一部圣经》里（2013：72—73），“你”被比作一架“稀世珍贵的金琴”，令人联想到鲁米曾用“琉特琴”（lute，形状类似琵琶）比喻情人。二者的相似是以乐器比喻情人，但“金琴”和“琉特琴”未必是同一种乐器。

有些互文的提示比较明显。“爱是罪 / 一种借以赎罪的罪 /（拿撒勒人知道 / 且去做了）”（2015：70）。“拿撒勒人”指基督徒，有时指耶稣本人。

又如《五岛晚邮》“同前”那一节（2015：71—72），每个诗段都是“真葡萄树”和“枝子”的变奏。

《圣经》里有许多的诗句以此比喻耶稣代表的生命。木心将希伯来文化的意涵纳入他的情诗，也保留了那一份圣洁的韵味。

有些非常独特的比喻，足见木心潜心学习的积累。比如，他对酥酪制作过程的准确了解，变成了俏皮的情话。《醍醐》写道："先得将尔乳之 / 将尔酪，将尔酥 / 生酥而熟酥 / 熟酥而至醍醐 / 我才甘心由你灌顶 / 如果你止于酪 / 即使你至酥而止于酥 / 请回去吧 / 这里肃静无事"（2013：168）。

木心喜爱植物，倾心研究植物学，将文化艺术的特质喻为"植物性"。植物学是木心一个特殊的修辞法，植物性是他文学思想的一个维度。

举《槭 Aceraceae》为例（2015：184—186）。Aceraceae，"槭树科"的植物学拉丁学名，直接进入标题。某种意义上，此诗是对"槭"做准确的植物学描述，但它又是妙不可言的情诗。

卿卿我我的爱情，满满的"Eros"，以植物学描述开始："槭是落叶乔木 / 叶对生，掌状分裂"，然后"我"和"你"入场："我说七裂居多 / 你说常会分成十一裂"。

于是，槭成了情侣，情侣成了槭，植物学和情话，混在一起，妙趣横生。

叶锯也成了情话的比喻："你就麻痒痒地锯我 / 锯得我啮你耳坠，吮吸 / 吮吸到四月开小花"。

双翅果："你的翅是劲翅，扑击有声 / 你用翅将我裹起又塌散"。而"果翅借风去布种 / 你借南风，你不会布种"。

枕边的情话，用植物学术语娓娓道来，隐晦，而又浓郁。有几行诗句，令人莞尔，又令人耳热："岂仅是槭，你还是槭科 / 双子叶中的离瓣类 / 是吧是吧是温带产吧 / 温带产尤物，善裸裎 / 要我兀立在树荫下枯等 / 看你单叶复叶又缺叶托"。这首诗为情诗收获了一个非常新鲜的比喻："我周围太多草本情人 / 来一个木本情人吧，你"。

木心用植物学作情诗，源头之一是他对歌德的崇敬。歌德写过科学论文《植物变形记》，也以同样的标题写过一首诗。与歌德的那首诗相比，木心的《槭 Aceraceae》更俏皮一些。

木心的植物情诗还有别样的效果和目的，例如《如歌的木屑》。“你”和“我”是锯子，上行，下行，常年合锯一棵树，“两边都可 / 见年轮 / 一堆清香的屑”，“锯断了才知 / 爱情是棵树 / 树已很大了”（2015：50）。一个比喻，概括了自毁爱情的那些人间故事。而标题中的“如歌”，两个怨偶情侣不倦地合力锯爱情树，一堆木屑的“清香”，皆为怀有惋惜的讽刺。

情诗品位的高低优劣

虽然不易评判，情诗的品位确有高低优劣之分。

在希腊和罗马神话里，Eros（厄洛斯；罗马神话称 Cupid，丘比特）是女神维纳斯（Venus）的儿子。维纳斯嫉妒凡间女子 Psyche（普赛喀，心灵的意思）的美貌，派儿子去引诱普赛喀，反令二人坠入爱河。根据维纳斯的计划，厄洛斯不能让普赛喀看到他，两人在黑暗中情话绵绵，爱意渐浓。结为夫妻的当夜，普赛喀举起蜡烛想看丈夫长什么样，熔化的蜡滴在睡梦中厄洛斯的脸上，厄洛斯突然凭空消失。赛普喀走上了寻找丈夫的历程。厄洛斯这位“未知的丈夫”（the unknown husband）以后成为福楼拜《包法利夫人》中的一个讽喻。这个神话故事最基本的意义是：Eros（厄洛斯）和 Psyche（普赛喀）的爱，象征“情欲”和“心灵”的不可分离。

情诗的优劣，首先看驱使情欲表达的后面有无灵智，是何种的灵智。有欲而无灵，多半为色情。有情而无脑，情欲变庸俗，奔放起来，沦为滥情。滥情为诗之大敌和大忌，蔓延开来贻害文化，致使学生作文、朗诵腔调、权威发布、专家话语、影视制作，无一幸免。用香料遮盖污秽之物，怎样大面积喷撒也无济于事。

常言：诗言志。木心说：“别人煽情我煽智。”“智”和“志”（理想、志向）相通，以善念为美，是诗的精神层面。

情转圜于心智，情志（智）合一。这个道理，华兹华斯在《抒情民谣之序》（2007：301—318）中讲过。他认为好诗是强烈情感自然而然如泉而至，然而这样的情感迸发源自长久的思考，而且当情感泉涌而至时，情和智再次融汇升华，达到“有价值的目的”（worthy purpose）。用华兹华斯的说法诠释，木心纷纷的情欲透出了灵智之光，因而是好诗。

木心诗中故实与情致的平衡点，看似是技巧，实为智慧之光。我们在《芹香子》可以看到这个平衡点（2015：45）。

这首诗共十四行，不按押韵的写法，是自由体的商籁。其结构的对称既不是莎士比亚式的商籁（4+4+4=2），也不同于佩脱拉克（Petrarch）式的商籁（8+6），而是前后两个七行（7+7）对照呼应形成结构。

如同许多的情诗，“我”对“你”的情话是诗的内容。根据诗中某些词句的提示，说话的“我”是女性。用《诗经·郑风》的语汇比喻，“我”是淑女，“你”是英俊的“子充”或“子都”，如今是木心笔下的“芹香子”。

你是夜不下来的黄昏
你是明不起来的清晨
你的语调像深山流泉
你的抚摩如暮春微云

起首四行，“我”对“你”缠绵缱绻的爱，比作黄昏、清晨、深山流泉、暮春微云，展开中国诗画一般的意境，而其柔美的深情又可比美朱丽叶对罗密欧的倾诉。

接着，“我”按捺不住激情冒出一句：“温柔的暴徒，只对我言听计从”，好似《诗经·郑风》中的“乃见狂且”(114)。这是热恋情人才有的肆意娇嗔。

谁能想到我们的爱竟如此美好！如果“我们”一见钟情那一刻，就“预见有今夕的洪福 / 那是会惊骇却步莫知所从”。

整体看，前面这七行浓烈却静谧，符合我们通常对男女私情表达的期待，而后面的七行则有些出乎意外，令人惊异。先是这三行：

> 当年的爱，大风萧萧的草莽之爱
> 杳无人迹的荒垅破冢间
> 每度的合都是仓猝的野合

浓烈转为狂放：“你”还记得吗，“我们”经历过草莽之爱，荒垅破冢间的野合（《诗经》里不乏野合的情景），情欲如荒野中呼啸的劲风。

修辞转向，画面大变，空间也随之拓展。最后四行（与前面三行形成七行的单位）的深情低吟，最是激荡魂魄。

你从诗三百篇中褰裳涉水而来
髧彼两髦，一身古远的芹香
越陌度阡到我身边躺下
到我身边躺下已是楚辞苍茫了

“我们”早就相爱在《诗经》三百篇里，经几千年的世代轮回，“你”越陌度阡，终于回到“我”身边。

跨越似梦似醒的时间之河，一对情侣的欢爱融于古今，归于《诗经》《楚辞》，汇入汉语诗歌的源头。从“草莽之爱”开始，后面的七行是《芹香子》浩瀚的时空。

《芹香子》有高贵的品位。举目所见，是无限延伸的地平线。元历史的视野之下，方才有了远景和近景之间灵动的切换，当下和永恒合为一体的拱门。

从古希腊到莎士比亚，高贵（nobility）被视为悲剧的核心、诗的核心。高尚的情和智，发自个体又超越个体；个体生命须融入“大生命”，形成的精神格局，即为“大生命”，古希腊称为：酒神生命（Dionysian life），是贯彻宇宙之间的那一股生而灭、灭又生、源源不绝、千变万化、无穷无尽的生命力。尼采说“肯定生命”（affirmation of life），意在呼唤现代人像古希腊人那样，以生命的本能来感受酒神生命力。

这样的生命本能，是以宇宙生命观为内核的意志之力，看似羸弱，足以抵抗暗黑势力，足以面对生死而坦然，由此获得人的最高尊严。贝多芬、莎士比亚、达·芬奇、悲剧合唱，都有这样的高贵。

文学不是宗教，却有宗教感，即升华的生命意志。现代主义文学到来之前，文艺复兴和浪漫主义的诗论或文论，被称为人性中的“神性”（the divine）或“崇高”（the sublime，又译：壮美）。现代世界婉转称之为“神秘主义”。

古今中外，东西南北，领悟了神性的诗人无处不在。鲁米写情诗颂诗，长短几千首，信手拈来，像圆空法师那样，用大大小小木料随时雕刻佛像。鲁米诗中的神秘，或以死亡为契机，启动永恒的生死律动；或透过恋人缠绵的私情，作简约易懂的抒情，用心灵的触摸，轻轻推开那扇门，呈现宇宙生命的惊魂一瞥。如果有人视生死为忌讳，就与那神秘之门无缘，即便看见，也不得其门而入。自由进出这扇门的鲁米，诗中的“你、我、他”，时常指向神秘的生命力，指向“神”。

莎士比亚自然而然将爱情与死亡合为一体。第 73 首商籁诗里，“我”在弥留之际向所爱人的动情倾诉，说自己因为热爱生命，对将至的死亡无所畏惧，第 13—14 行诗曰：“This thou perceiv'st, which makes thy love more strong, / To love that well, which thou must leave ere long.”（“你看到的这些，会使你的爱更坚强 / 珍惜这份爱，你不久将失去这一切”。童明译）。

木心回国之前画了近百张的新画，其中一幅呈现即将熄灭的炭火（现存于木心美术馆），恍若第 73 首第三诗段的情景再现。我和木心谈到这幅画，谈到第 73 首商籁诗，谈到《哈姆雷特》剧终时，丹麦王子如何劝阻他的好兄弟霍瑞修不要和他一起死。哈姆雷特的那句话，英语里很是神秘：“refrain yourself from such felicities”。大意是：霍瑞修啊，先不要与我分享如此的喜悦。Felicities 一字，说出哈姆雷特面对死亡不仅不畏惧，还心生法喜。

我刚认识木心那年，他问我："一流的情人在哪里约会？"我答不上来。木心笑答："一流的情人，在墓园里约会。"后来读了他的《温莎墓园日记》，才明白他的意思。

木心的情诗，敞向生死交替、生生不息的宇宙。如《五岛晚邮》中的"除夕·夜"(2015:65—66):"我""从别处传悉你的心意后"，忐忑不安走入傍晚的寒风，在天上地下的斑斑痕迹中寻觅，找到了"你"的存在:"有你，是你／都有你，都是你／无处不在，故你如神／无时或释，故你似死／神、死、爱原是这样的同体／我们终于然，终于否／已正起锚航向永恒"。"你"已死，"我"对"你"深深的爱，从"别处"(暗指彼岸)获悉"你的心意"。找回"你"的这一刻，"我"获得另一层的感悟："你"经由死亡的折射，指向生命在有与无、然与否之间的神秘存在。待到最后一行："我们将合成没有墓碑的神"，我和你、诗和读者，我们在此处神交。

一流情诗奉献给一流情人，因为一流的情人，已将生命的真谛了然于胸：此起彼伏的蝉鸣，月下池塘的涟漪，凄风冷雨中的残叶，积雪折竹的冬夜，我、你、他（祂），灵智贯通。一流的情人自然懂得情诗的品位。

在2010年末拍摄的纪录片里，木心谈到他如何反抗那段历史的残暴和愚蠢、无知和无情："不是一伸一举那样[的身体反抗]，而是生命的本能。"生命的本能，不可小觑。

《旗语》（2015：216—219）容易被当作色情诗，因为其中对情欲的描写坦诚而直白；此诗也容易被视作木心的自传，因为写了"我"发生初恋的时代。

然而《旗语》不是一般意义的自传，而是诗人要从"情窦初开五月"的"欲望帝国"中寻回一段特殊的记忆，以诗的方式，为自己，为追求自由的生命意志，再活一遍。"飘飘旗语"的真谛，只为识者识，为悟者悟。

普鲁斯特的长篇小说，中英文译本的标题都是"追忆逝水年华"的意思，而法语原文是：A la recherche du temps perdu（重新找回失去的时间）。普鲁斯特找回"失去时间"的方式，一半靠"非自愿的记忆"（involuntary memory，即依靠感官的记忆），一半是对生命做艺术的重写。这也是《旗语》的深层含义：既是重写，也是重生。

找回失去的时间不易，因为“我秉性健忘任凭神明的记忆佑护我记忆 / 以致铭刻的都是诡谲的篆文须用手指抚认”（2015：216）；“诡谲的篆文”（比喻记忆）难懂，“须用手指抚认”。手指的抚认，连同诗中充满情欲的感官经验，就是“非自愿的记忆”。

找回失去的时间不易，还因为那段灰暗历史的记忆“总是被我怨怼阻止”；“我”不痴恋年少的美貌：“有什么少艾呢我憎恶少艾”。难忘的是那时令人压抑的环境，黄浦江边“一幢阴郁的旧楼”，“江水混浊帆影出没骀荡长风腥臭而有力”（2015：216）。只有“你”，“我们”，值得“我”找回。你的皮肤是“五月的贡品”，你的胸脯是“我的私家海”（2015：217），“你是乳你是酪是酥是醍醐是饱餐后猛烈的饥饿”；“我们以舞蹈家的步姿在清亮的大气中越陌度阡”；“我们见一次面媾一次婚午夜沙滩雨中墓地”。“我们”何等艰难，又坚强不屈，为了爱“要幽禁要入狱服刑”（事实还是比喻，不得而知），而“我始终听从五月荒谬的启示性为贵而情爱随之”(2015：218)。为什么？因为这纷纷的情欲是生命的本能，是对阴暗时代的反叛。

有些字句脱离了语境似乎太放纵，置于语境中读则毫无轻浮，例如最后两句的并列：“飘飘旗语只有你看得懂仍是从前的那句血腥傻话 / 无论蓬户荆扉都将因你的倚闾而成为我的凯旋门”(2015：219)。

《旗语》里的欢乐和悲伤，闪现良善的生命本能之光，令人想起木心的那句话：“如欲相见，我在各种悲喜交集处。”

参考文献

汉语

《圣经》，新标准修订版，中国基督教协会，1995 年。

《诗经》，程俊英译注，上海古籍出版社，2014 年。

木心，《木心诗选》，童明选编，广西师范大学出版社，2015 年。

木心，《我纷纷的情欲》，广西师范大学出版社，2013 年。

王国维，《人间词话》，人民文学出版社，2018 年。

英语

Eliot, T.S.. "Tradition and Individual Talent" in Richter's *The Critical Tradition*, pp. 537-541.

Marvell, Andrew. "To His Coy Mistress" in https://poetryinvoice.ca

Nietzsche, Friedrich. "From *The Birth of Tragedy from the Spirit of Music*" in Richter's *The Critical Tradition*, pp. 439-452.

Richter, David H., ed. *The Critical Tradition: Classic Texts and Contemporary Trends*. Edited by David H. Richter. Third edition. Boston: Bedford/St. Martin's, 2007.

Woolf, Virginia. "[*The Androgynous Imagination*]from *A Room of One's Own*" in Richter's *The Critical Tradition*, pp. 607-610.

Wordsworth, William. "Preface to *Lyrical Ballads*" in Richter's *The Critical Tradition*, pp. 306-318.

辑 二

木心致歌德

一

歌德在德国魏玛生活工作了大半生。《魏玛早春》是木心以散文诗向歌德致敬，阐释艺术创造和大自然的创造和谐相通的歌德式主题，礼赞广义的艺术。

木心以世界美学思维创新，写作风格多脉相承，创作题材既有民族的也有异域的。《魏玛早春》对汉语读者的真正挑战，可能不在几个生僻的复古词语，或其中的植物学术语（这些查字典就可以解决），而是诗中涉及的歌德作品和思想，未必为所有的读者熟知。解读这首散文诗，要先重温歌德的作品和思想。

《魏玛早春》写于1988年。九十年代初我第一次读到，因识得其中一些奥秘而欣喜不已。再见到木心先生，讲给他听，他也很高兴。我们一问一答，一来一往，话题和思路开阔了起来。后来，我试把《魏玛早春》译成英文，发现不太容易。重读了歌德和关于歌德的一些著作，去过位于洛杉矶的亨廷顿图书馆里的植物园查找植物学的资料，渐渐进入歌德和木心的意境。英译本几易其稿。征得木心的认可，把原本是分行的诗转换为散文。木心的有些作品既是分行诗，也可排成散文体。

翻译文学作品最不易做好的一点，是传达原作的口吻、韵律和节奏。后来木心读到我的英译本，[1]说他

---

1 Mu Xin. "Weimar in Early Spring" in *An Empty Room: Stories*. Translated by Toming Jun Liu. (New York: New Directions, 2011), 99-106.

的文字译成英语应该是这个口吻。他的赞许对我是很大的鼓励。我心里明白译本还大有改进的余地，但应该没有漏译或误译。

《魏玛早春》约两千三百字，是一首不短也不长、精彩纷呈的抒情诗。诗分为四节，或隐或显指向歌德的《浮士德》和《植物变形记》。木心还以海涅的一段日记为基础，虚构了最后一节歌德见海涅的小故事。

二

先说歌德的诗剧《浮士德》。浮士德的故事起源于欧洲民间传说，被改写许多次。1587 年，出版人约翰·史庇斯（Johann Spiess）把浮士德民间传说的种种，首次汇总成书。次年，英国作家马洛（Christopher Marlowe）也出了书。两本书的题目都是：《浮士德博士的悲剧》。之后，浮士德的故事不断被演绎为抒情诗、哲学性悲剧、歌剧、木偶剧、漫画等等，种类繁多，不一而足。通行版本中的浮士德，是个有知识却无良知、有理性却丧失理智的人物；他把灵魂出卖给魔鬼梅菲斯特，任由魔鬼呼唤法术，以满足他尘世的欲望。

到了二十世纪，浮士德新的象征意义，比喻人类的理性可能出错，科技可能失控。有时，他被称为“长发披肩的男孩儿”（long-haired boy）。1945 年，美国在新墨西哥引爆第一颗原子弹，一个军官惊呼：“上帝啊！……这些长发披肩的男孩儿们失控了！”1979 年，三里岛发生核泄漏事件。《纽约客》杂志的社论说：“这些［核能］专家向我们提出浮士德式的建议，让他们用人类会出错的手来掌控永恒，这是不可接受的。”

在所有重写浮士德的故事中，歌德的诗剧《浮士德》最为深思熟虑。1770 年，歌德 21 岁就开始动笔，断断续续，到 1831 年完成大作的上下两部，他已经 83 岁。次年，1832 年，诗剧出版后的第二年，歌德在春寒料峭的 3 月去世。歌德写《浮士德》，从青年到老年，整整六十年。这六十年间，恰逢法国大革命的前后，世界历史经历了巨大的变革。歌德晚年写作《浮士德》时，现代化全方位展开，浮士德作为现代化发展的讽喻意义逐渐明了。

歌德笔下的浮士德，不是出卖灵魂的恶人，也不是“长发披肩的男孩儿”，而是博学多才的中年人，集博士、法学家、神学家、哲学家、科学家、教授于一身。其他版本的浮士德，为满足尘世的欲望而呼唤魔法。歌德的浮士德，则是厌倦了学院和书本的知识，意欲借魔法以窥宇宙的灵符，深入万物的秘密。在某种意义上，这个博学且探索不已的浮士德也是歌德自己。歌德的浮士德是现代人的佼佼者，代表现代人类最强烈的冲动：发展。不过，他和魔鬼梅菲斯特结为同盟。

歌德的笔下，魔鬼梅菲斯特先诱骗浮士德未果，后来以此生做浮士德奴仆为条件，换取浮士德来世以同样方式为他服务。不仅歌德版的浮士德和梅菲斯特之约与众不同，浮士德这个人物的寓意也不同：梅菲斯特是浮士德的心魔，也是现代人求现代化发展过程中的心魔。与其他版本相同的一点，是浮士德依靠的梅菲斯特魔法，不是来自天堂，而是来自地狱。

马歇尔·伯曼（Marshall Berman）提出一个令人信服的观点，歌德的《浮士德》上下两部一以贯之的主题是：发展的欲望（the desire to develop）。这个浮士德无异于悲剧英雄，他内力充盈，浮想翩翩，释放出一个一个的梦。梦分为两类：个人的发展；社会发展。[1]

浮士德和格蕾辛（Gretchen，木心诗中写作"葛莱卿"），是追求人间之爱却无力顾及他人成长。浮士德和海伦，则是他追求古典美之梦想的破灭。这是寓意个人发展受挫的两个梦。

第三个梦，浮士德发展的欲望和现代的经济、政治及社会力量结合在一起。这个发展之梦出现很晚，已经到了诗剧的终结篇。这时，浮士德在梅菲斯特的怂恿之下帮助了一个腐败的国王，因而获得沿海的一大片封地。因为这里要填海才有土地，浮士德进入一个类似于今天房地产开发的宏大计划。一对老夫妇（鲍西丝和她的丈夫菲莱蒙，Baucis and Philemon）不肯搬离他们在海边住了一辈子的小屋，浮士德视他们为眼中钉，下令驱赶。梅菲斯特带着手下走卒烧了房子，

---

1 See Marshall Berman's *All That Is Solid Melts into Air: The Experience of Modernity* (New York: Penguin, 1982), especially Chapter 1 "Goethe's Faust: The Tragedy of Development," 37-86.

逼死老夫妇。浮士德闻讯悔恨不已，忧愁间突然就失明了。浮士德失明后，自以为还在掌控宏图大业，实际上整个工程已落在梅菲斯特之手。梅菲斯特命令喽啰们为浮士德掘墓，却骗他伟大的工程在顺利进行。浮士德在“美好的未来”的幻觉中死去。天使们赶来带走浮士德的灵魂，魔鬼梅菲斯特的盘算彻底落空。

《浮士德》对现代人和现代化发展的讽喻意味，在歌德笔下栩栩如生。这是我们，包括木心，崇敬歌德的一个主要原因。

三

能兼得诗学和自然科学成就的，唯有歌德这样的天才。这位伟大的诗人，对地质学、气象学、动物学、物理、生理光学、颜色理论都有深刻和独特的见解，而且还是现代植物形态学（plant morphology）的先驱。1790 年歌德出版了一本科学论文《植物变形记》，共 123 节，每一节为短短一段话。木心虽然在散文诗里没有提《植物变形记》的书名，但其精神渗入《魏玛早春》

的整体和肌理。

歌德的《浮士德》里有这样一段话："走进大自然的正规学校，/ 学习星辰日月的课程，/ 那么你的灵魂之力便会展示 / 精神和与之相似的精神是如何交流的"(*Faust*，lines 422—425，童明译)。"与之相似的精神"指大自然的精神。人的精神可以与自然中的精神相通，是浮士德的独白，也是歌德的心里话。歌德百科全书式的知识，对应着包罗万象的自然宇宙。他和他笔下的浮士德，对宇宙间生命的奥秘有着近乎贪婪的求知欲。在歌德的思想里，自然科学（包括植物形态学）和诗学之间，并非各不相干，而是息息相关；人的创造呼应着大自然的创造；人的心灵与大自然的精神感应共振，是艺术和科学共有的意义；"创造"是广义美学的重大主题。尼采对此艺术观做了充分的阐述，可参详《悲剧的诞生》。

在歌德这里，诗学的感知和科学的感知和谐一致。我们通常想到的植物变形，是肉眼可以观察到的树木花草从抽芽生发到开花结果然后走向衰败的周期。歌德也做这样的观察，他孜孜不倦地采集标本、绘图，做植物学分类。与众不同的是，歌德的“看”不限于肉眼的观察，而是融感官的经验（sensuous experience）和超越感官的直觉（super-sensuous intuition）为一体。歌德说：人有两种眼力：肉眼（eye of the body）和超感官的心灵眼（eye of the mind）；[1] 他认为，以两者合一的视力，我们可感知宇宙间既有秩序而又变化无穷的生命创造力，进而可参悟大自然的精神，并以人的创造参与神的创造。此为歌德式的“参与性的认知”（participatory knowing）。采取这样认知方式的，并非歌德一人，往上可溯源至亚里士多德的植物灵魂说（vegetative soul），往下汇入华兹华斯、爱默生、梭罗、惠特曼等人的英美浪漫主义诗歌，也汇入洪堡（Alexander von Humboldt）等学者的生态和生物科学。

歌德的自然观深受斯宾诺莎（Baruch Spinoza）泛神论的影响。斯宾诺莎在《伦理学》（*The Ethics*）里以一句拉丁语开宗明义：*Deus, sive Natura*（神即自然）。泛神论意义上的神，是整个自然宇宙的名号，指

---

1 Goethe, “My Discovery of a Worthy Forerunner” in *Goethe's Botanical Writings* (UP Hawaii, 1952), 180.

宇宙间永无止境的创造原动力。在斯宾诺莎和歌德的认知里，宇宙是万物相互连接、不可分割的整体。*E pluribus unum*（拉丁语：许多个化为一个）：这“一”（unum），并非相对于 2，3，4，5……的数字“一”，而是代表着永恒和无限的宇宙，亦即自然之神；“许多”（pluribus），则是永远在变化的万物。“一”存在于“许多”，存在于万物中的任何细节。[1] 斯宾诺莎说：“我们对具体事物的理解越深，越能理解神之存在。”（Miller，xvii。童明译）自然宇宙（自然之神），既是已经创造的，又是在创造中的，是有序和变化的并存。大自然生生不息，没有终极目的，“无限”（infinity）是其实质。

歌德 1812 年的一封信，激荡着斯宾诺莎的思想：“精神和物质、心灵和身体、思想及广延……是构成宇宙必要的双重要素，永远如此”（Miller 引用，xvii。童明译）。歌德的植物变形说根植于对宇宙这种认知，即：肉眼和心灵眼对物质变化的观察，可感知大自然中生

---

1 木心在散文小说《温莎墓园日记》里多次引用这句拉丁语，见小说集《豹变》的最后一篇（广西师范大学出版社，2017 年，185—201）。

命创造的原动力，发现潜藏于大自然中可照亮人类精神的精神。

按现有科学的分类，有机物（如动植物）、无机物、物理存在共同合成自然，亦即宇宙。科学的观点随着人类认知能力的扩展或改善在缓慢修正。近几十年来，许多科学家认为，植物也有某种“意识”或“智能”(consciousness or intelligence)。[1] 至于如岩石这样的物体有没有所谓“意识”，依然无解，因人类认知所限或许永远无解。

从泛神论的自然观出发，歌德从自然事物外部的表现，进入其内涵的、原型的所在，亦即进入“神”的生命创造力。他起初设想，鉴于各类植物中都有一些朴素的共通点，或许可以发现一种“原型植物”(Urpflanze)。歌德理解的原型（archetype）与斯宾诺莎的泛神论一致：原型是自然神创造的有序存在，它

1 参见 Michael Pollan's *The Botany of Desire: A Plant's-Eye View of the World* (Random House, 2002). Pollan 以苹果、郁金香、大麻、马铃薯如何以甜味、美丽、神经控制、淀粉诱惑人类以实现它们的大面积繁殖为例，提出植物具有某种不同于动物的“智能”(intelligence)。

既是已生的模式，又具有不断变化的能动力。由于找到具体的原型植物并非易事，歌德转而对植物中“叶”的结构产生浓厚兴趣，观察了许多植物标本。某日，他在巴勒莫（Palermo）的西西里种植园漫步，“灵光一现，想到植物中被称为‘叶’的器官蕴藏着真正的普洛透斯（Proteus），它能通过植物形式隐藏自己，有时也显现真身。一株植物自始至终不过是一片叶而已。叶与即将生成的生殖细胞同等的重要，二者间的关系密不可分”（*Italian Journey*, 336, 童明译）。“普洛透斯”是希腊神话中可随意变化形态的海上之神，此处比喻植物变形背后的那个创造生命的原动力，可称为变形之神。

歌德视“叶”为植物动态变化的原型器官，以此展开植物形态的研究。植物从子叶（cotyledons，seed leaves）变为茎生叶（stem leaves），再变为萼片（sepals）、花瓣（petals）、雄蕊（pistils）、雌蕊（stamens）等，皆为原型叶的变形过程，这就是歌德关于植物变形的基本原理。

科学论文《植物变形记》发表约三十年之后，歌德又写了一首诗，题目依然是：《植物变形记》。此诗因采取拟人化的修辞而更加直观，与歌德的科学论文相互印证。选用一段，作为小结：

大自然又在施展其永恒之力，
以这一次的循环衔接上一次的循环
如此环环相扣，直到时间尽头——
整体存在于每个细节。
亲爱的，将您的目光投向那
郁郁葱葱。再不必困惑。
每株植物都在向您宣告那些铁的法则。
在花儿抬高的声音中可以听到；
一旦密码破解，永恒的法则
向您敞开……

（“Poem”，2—3，童明译）

四

华兹华斯说：诗的愉悦（poetic pleasure）来自诗

人一种独特的感知（perception）；诗人之所以为诗人，在于他能感知到不同之中的相同、相同之中的不同（similitude in dissimilitude, dissimilitude in similitude）（Wordsworth，316）。华兹华斯想要说的是，诗形式的匀称（symmetry），不是因为有一律的相同，而是同与异之间奇妙的自洽、兼容和平衡。《魏玛早春》在结构上的匀称之美正是如此。

《魏玛早春》以第一人称叙事，却隐去了“我”的自称。考虑到了中英语言的文化差异，我在英译本谨慎地用了几次“我”。

全诗自然分为四节。先说第四节，写的是1832年早春3月歌德在魏玛逝世前后的情景，以及在此八年之前海涅在魏玛拜访歌德的一段趣事。第四节将结束时，叙事人“我”（“我”这个代词仍然没有用）提到了歌德写作《浮士德》如何不易，大意是：诗剧《浮士德》虽然还有不尽如人意之处，但谁去写能比歌德更好。第四节暂时搁置不提。

《魏玛早春》一个鲜明的特点，是第一、二、三节都没有直接提到歌德，让歌德的伟大存在渗透于大自然和植物的神秘氛围。前三节不提歌德，并不是脱题，而正是见证了木心炉火纯青的写法。

《魏玛早春》属于这样一类的文学文本：只有读完了全文，才能看到各章节的“同时性”（simultaneity），才能理解不同部分在整体中的相互联系。

第四节向歌德致敬是明示，前三节则是暗示：读者若采用歌德式的“参与性的认知”，便可领悟：艺术的创造与自然的创造相通和谐，乃是广义的艺术。四个章节，不同而同，同而不同，让人想到贝多芬四重奏自由而又自律的格调，在复调中有相互联系的秘径。

第一节写早春时节魏玛的自然景物，不是简单的托物言志。第一句：“温带每个季节之初，总有神圣气象恬漠地恺切地透露在风中”（《魏玛早春》，141）。从整首诗四个节段的“同时性”来判断，风中透露的“神圣气象”，同时指谓歌德代表的艺术创造和自然之神的创造；这两种同样神圣的创造，是为歌德和木心意义上的“天人合一”。

在魏玛这样的温带地方，早春3月是乍暖还寒的季节，“料峭而滋润”的春寒“漾起离合纷纷的私淑记忆”。这纷纷的私淑记忆，包括了叙事人对笔耕不辍的歌德和他在春寒料峭时去世的怀念。3月杪，滨海的平原，天地之气酝酿的云和雾，笼罩了田野农舍教堂树木，被比拟为模糊的“愿欲”。参照第四节，这自然界的“愿欲”，与歌德去世前对康复的期盼也化为一体。这早春的期盼，终于迎来了柳条、山茶、木兰科的辛夷。第一节结束。

第二节在散文版里共有三段，归于一问：谁创造了地球上花草？木心回答：诸神在一场盛大的竞赛里创造了地上所有的花草。创造，即广义的艺术，是全诗也是这一节的意旨。这一节以神话故事为主，植物学的术语穿插其中。因为花草是神造的，从天上撒下散落在地上，“后来的植物学全然无能诠释花的诡谲，嗫嚅于显隐之别，被子裸子之分”(143)。大自然的创造在前，植物学在后，也是歌德思想的逻辑顺序。植物学的术语呼应着《植物变形记》；“那末，花之冶艳不一而足：其瓣、其芯、其蕊、其萼、其茎、其梗、其叶，每一种花都如此严酷地和谐着。”(143—144)这一句，隐隐指向歌德以“叶”为原型的植物变形，不过，木心从花瓣到叶是一个由显到隐的顺序，反转了歌德由隐到显的叙述顺序。第二节对歌德的呼应，重点在诗学感知和科学感知的统一；感知经验和超感知经验融为一体，以此灵性视力观察，人的艺术创造与自然之创造是同等的神圣。

诸神在一次盛大的竞赛中创造了各种花草，这个神话完全是木心的想象。且说“每位神祇都制了一种花又制一种花。或者神祇亦招朋引类，故使花形成科目，能分识哪些花是神祇们称意的，哪些花仅是初稿改稿，哪些花已是残剩素材的并凑，而且滥施于草叶上了……神祇们没有制作花的经验”（142—143）。经过一天的辛苦工作，诸神疲倦了，不满意自己的习作而弃之不顾；一直在旁观看的一位冷娴的神，这时聚拢诸神的作业，灌之密码，从天上挥洒下来（天神散花），便有了地上一代又一代的花草。诸神的创作过程，有乐趣也有怠倦，和人类作家的工作何其相似，也暗暗提示读者，歌德的创作非常辛苦。按歌德和木心的自然观来论，还是神的创造为主，人的创造在其次。第二节写道：“花的制作者将自己的视觉嗅觉留予人。甚或是神制作了花

以后，只好再制作花的品赏者。”(144)

第三节很短，讲的是洞庭湖以南一棵两百多年的树，“植物志上没有这株树的学名”(144—145)。这棵树的奇妙，是它偏要在寒冬降雪时开花；雪下得越大，花开得越盛。待到“四野积雪丰厚，便闻幽馨流播，昼夜氤氲。雪销，花凋谢”(144)。

第二节通过超自然的神话探秘自然，第三节则赞美自然中的超自然，这种逆向形成的匀称平衡，又让我们想到华兹华斯的高论。按中国文化传统解读，这棵树似乎喻指“傲雪红梅”那样的高尚品格。

木心认同这样的美学观点：人和神在生命的创造力这一点上可以相提并论，人类伟大的艺术创造因此具有神性。

自然之神赋予植物的性格即“植物性”，被木心归纳为文化艺术的特质。“植物性”是木心艺术的一个重要思想。这个灵感的源头之一，必然是歌德。

在与童明的一次对话里，木心对文化艺术的“植物性”做了一个独特的推演：“而我所知道的是，有着与自然界的生态现象相似的人文历史景观在，那就是：

看似动物性作践着植物性，到头来植物性笼罩着动物性，政治商业是动物性的战术性的，文化艺术是植物性的战略性的。”（《仲夏开轩》，70）

五

歌德的伟大，怎样赞颂也不为过。而木心向歌德致敬却用一种沉稳的低声调，如何理解？其中的意思至少有三层。

其一，木心习以故实的方式抒情，选择看似不起眼的平凡细节，浸之于情感和思想，以小见大。

其二，他的写作风格，自律而内敛，善于对文字做冷的处理。如《纽约杂志》的评语："木心的素养，形成了遐想中低声吟咏的力量。”[1]这种冷笔调，无碍于内心赤热而深沉的情感表达。木心喜欢的另一位作家海明威，曾把自己简练的文体比作“冰山一角”；文字表面的“冰山一角”只是冰山的八分之一，文字之下

1 Mu Xin.*An Empty Room: Stories*（New Directions, 2011）封底的出版社推荐语。

（水下）的八分之七，待有心的读者去感悟。冰山虽冷，却厚重无比。木心和海明威的文体，何处同，何处不同，需要另文类比，此处省略。《魏玛早春》的第一句已经点明全诗的主调：那是一种“恬漠［而］恺切［的］神圣气象”。

其三，木心不习惯高调称赞自己敬重的人，觉得调门儿高了反而不敬，不真诚。木心怕俗。而他的雅，拒斥滥情，绝不故作风雅；故作风雅是俗不可耐。滥情是对艺术的亵渎。

《魏玛早春》到了第四节，直接向歌德致敬。不妨这么说，前三节侧重自然和植物的描写指向“天”，第四节则指向“人”；“天”和歌德这个“人”之间毫无违和，中间的连接是一个“植物性”的共同暗喻。

第四节由两部分合成：歌德之死；八年前歌德和海涅会面。

写歌德之死以表达对伟人的崇敬，在细节的取舍和情感的把握上，实属不易。木心以海明威式的极简法叙述歌德去世前的几天，寥寥几笔，以阵阵春寒烘托出歌德的痛苦和期盼，呼应第一节里隐隐提到的那个人。

木心对歌德的礼赞，浓缩在描写歌德遗体的一段并不华丽的话里：

> 星期五清晨，弗列德里希开了遗体安放室的门。歌德直身仰卧。广大的前额内仿佛仍有思想涌动。面容宁适而坚定。本想要求得到他一绺头发。实在不忍真的去剪下来。全裸的躯肢裹在白色布衾中，四周置大冰块。弗列德里希双手轻揭白衾，见歌德的胸脯壮实宽厚，臂和腿丰满不露筋骨，两脚显得小而形状极美。整个身体没有过肥过瘠之处。心脏的部位，一片寂静。
>
> （145）

歌德身体的匀称，有如希腊神的雕塑；心脏已经“一片寂静”，而“广大的前额内仿佛仍有思想涌动。面容宁适而坚定”；明知是阴阳相隔的告别，也不忍去剪他的一绺头发。木心笔下的歌德，好像只是睡着了。叙事者的敬仰、惋惜、悲恸，尽在不言中。

笔锋一转，散文诗的结尾，讲述歌德去世八年前在魏玛家里会见海涅。这个选择颇有眼力，而且意味深长。

海涅也是德语作家。作为歌德的晚辈，他对歌德无比崇敬。歌德去世之后，海涅在维多利亚时代的英国享有盛誉。阿诺德（Mathew Arnold）称他是“歌德的继承者”（the Continuator of Goethe）。所以，木心选海涅不是偶然。

木心对两位诗人会面细节的虚构，参考了海涅的一段日记。英语版如下：

When I visited him in Weimar, and stood before him, I involuntarily glanced at his side to see whether the eagle was not there with the lightning in his beak. I was nearly speaking Greek to him; but as I observed that he understood German, I stated to him in German that the plums on the road between Jena and Weimar were very good. I had for so many long winter nights thought over what lofty and profound things I would say to Goethe, if ever I saw him—and when I saw him at last, I said to him that the Saxon plums were very good! And Goethe smiled.

("Heine's Visit to Goethe")

（我在魏玛拜访他的时候，站在他面前，无意间向他的侧面望去，想看看那只长喙带有闪电的雄鹰是否在那里。我差一点儿对他说希腊语；见他听懂了我的德语，就用德语告诉他，耶拿和魏玛间的道路上，树上的李子长得真好。有多少不眠的冬夜，我翻来覆去地想，如果见到歌德，该对他说些怎样崇高而且深刻的话，可是终于见到他了，我却对他说撒克逊[乌荆子]李子长得真好！歌德报以微笑。）

（童明译）

《魏玛早春》是这样写的："八年前，春天将来未来时，歌德以素有的优雅风度接见海涅，谈了每个季节之初的神圣气象，谈了神祇们亢奋的竞技，谈了洞

庭湖南边的一棵树。又谈到耶拿和魏玛间的林荫道：白杨还未抽叶，如果是在仲夏夕照中，那就美妙极了。”(146)

这一段归纳了前三节的几个意象，收得首尾呼应之效。字面上唯一应和海涅日记的，是“耶拿和魏玛间的林荫道”那一句。但木心凭了他诗人的敏感，从海涅的日记感受到一种微妙的心理，以此作为虚构歌德和海涅会见的基础。这心理就是：两位心仪已久的作家终于见面，彼此敬重，却紧张拘谨，有些不知所措。

歌德用六十年时间写的诗剧，对他自己，对世界文学，都是丰功伟绩。见到海涅的时候，《浮士德》的下半部还没有完成，得知海涅也在写，歌德下意识脱口而出：“海涅先生，您在魏玛还有别的事吗？”海涅很有礼貌地回复，等于告诉歌德：我可是专门来拜访您的。然后，立刻鞠躬告辞，多少有点儿伤到了自尊心（146）。因为两人都在重写浮士德的故事，难免有竞争对手之间那一丝嫉妒。这点嫉妒符合人性，真实可爱。木心着墨于此，也巧妙地把话题引到歌德写《浮士德》这件事上。

六十年的辛勤耕耘，伟大的创造，值得大书特书，木心却用轻而又轻的低调做诙谐处理。这时，始终不以“我”自称的叙事者承认：“那使到了春寒料峭的今夜，写浮士德这个题材的欲望还在作祟”。“我”也想写。但是，谁会用六十年的时间去写？谁会比歌德先生写得更好？“神话、史诗、悲剧，说过去就此过去。再要折腾，况且三者混合着折腾，斯达尔夫人也说是写不好的”(146—147)。依然是“遐想中的低声吟咏”，对歌德写《浮士德》的赞颂却尽在其中。

面对伟大的歌德，面对他用一生去验证的人和神的生命创造力，我们都有说不完的话，却真的不知该说什么，该想些什么。正如《魏玛早春》最后的一句：“海涅蜷身于回法国的马车中，郊野白雾茫茫，也想着那件实在没有什么好想的事。”(147)

《魏玛早春》宜于在静夜里默读，心灵的眼会看到即将复苏的花草万物，看到艺术的植物性，看到那个人，看到他眼里的星辰大海。

春寒料峭的季节，“总有神圣气象恬漠地恺切地透露在风中”。

参考文献

Berman, Marshall. *All That Is Solid Melts into Air: The Experience of Modernity*. New York: Penguin, 1982.

Goethe, Johann Wolfgang. *Faust*. Translated by Walter Arnd. Second critical edition. New York: Norton, 2001.

—— "The Metamorphosis of Plants: Poem" in *The Metamorphosis of Plants*.

—— *Goethe's Botanical Writings*. Translated by Bertha Mueller. UP of Hawaii, 1952; reprinted by Ox Bow Press, 1989.

—— *Italian Journey*. London: Penguin, 1962.

—— *The Metamorphosis of Plants*. Introduction and photography by Gordon L. Miller. Cambridge, MA.: MIT Press, 2009.

"Heine's Visit to Goethe." Translated into English by Stern and Snodgrass. Bartleby. Com. https://www.bartleby.com/library/prose/2521.html

Miller, Gordon L. "Introduction." *The Metamorphosis of Plants* by Goethe. Cambridge, MA.: MIT Press, 2009, pp. xv-xxxi.

Mu Xin. "Weimar in Early Spring" in *An Empty Room: Stories*. Translated by Toming Jun Liu. New York: New Directions, 2011, pp. 99-106.

—— *An Empty Room: Stories*. Translated by Toming Jun Liu. New York: New Directions, 2011.

木心，《仲夏开轩》，载于《鱼丽之宴》，广西师范大学出版社，2007 年，第 59—76 页。

——《魏玛早春》，载于《豹变》，广西师范大学出版社，2017 年，第 141—147 页。

——《温莎墓园日记》，载于《豹变》，广西师范大学出版社，2017 年，第 185—201 页。

Pollan, Michael. *The Botany of Desire: A Plant's Eye View of the World*. New York: Random House, 2002.

Wordsworth, William. "Preface to *Lyrical Ballads*" in *The Critical Tradition: Classic Texts and Contemporary Trends*. Edited by David H. Richter. Third edition. Boston: Bedford/St. Martin's, 2007, pp.306-318.

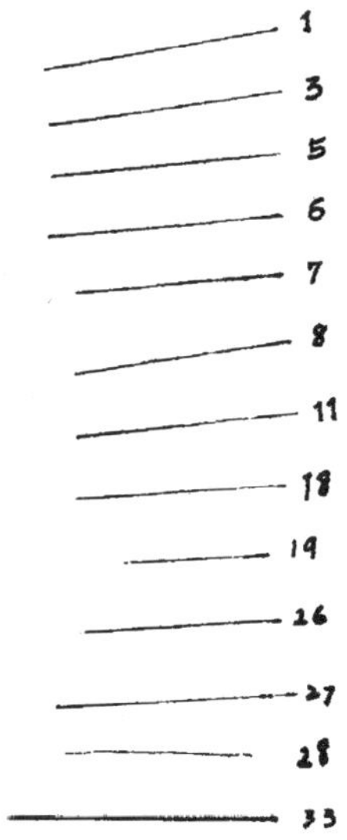
1
3
5
6
7
8
11
18
19
26
27
28
33

论文学虚构中的互文现象：兼论对木心“非原创”和“抄袭”的指责

引语

木心文学创作的主要时期在美国（1983—2006）。从八十年代起，他在海外和中国台湾的影响辐射式扩展。2006 年，木心回到中国大陆之后，逐渐被这边不同的读者群所了解，也被一些人视为“异数”。其中的原因，这里不做深入探讨。

某种语境中的常数，换了语境变成异数，

并非罕见。总之，我们看到对木心文学的评价毁誉参半，争论迭起。2022 年初，卢虹贝女士硕士论文《木心文学创作中的“文本再生”现象研究》的修订版再次发表（2014 年曾在《中国现代文学论丛》发表），引起又一波争论。卢文的误导之处，在于她一方面详尽举例木心式的互文，另一方面却不评价木心的互文取得了什么文学效果。在没有对木心的互文做足够美学判断的情况下，卢文提出的“文本再生”的概念，针对木心的创作有明确的指责，可归为两点：一、质疑木心的“再生文本”法是否属于“原创”；二、通过“查重”发现，木心的文本与其他文本有许多重叠处，而且没有指明源头，涉及法理上的“抄袭”。这样的指责，合乎了此时此地的某种认知，认同者或支持者很快达到兴奋点。反驳卢文观点的文章也层出不穷，但有人认定卢文的指责已铁证如山，无须再论。

此事不仅关乎对木心的评价，也关乎当下的中国和西方在文学史观和文学创作观念上一些不大不小的差异，若不置于更大的格局中探讨，难以厘清是非曲直。本文以西方文学史的一些事件和理论为例证，主要论述“文学虚构中的互文现象”，以期探明文学创作和文学研究之中关于互文的情理和尺度，为思考木心的互文实践提供一些有意义的参照点。

我和木心有二十多年的友谊，是他部分作品的英文译者，也是研究者之一。我的汉英译作是木心的 *An Empty Room : Stories*，由美国有名的文学出版社 New Directions 2011 年出版。毫不讳言，我钦佩木心的文学成就，敬重他的人格、思想、才华。康德的名言："艺术具有没有目的的目的。"（Art has a purposeless purpose）可以通俗地解释为：艺术没有功利的“目的”，只有美学的“目的”。这是对艺术的基本标准，也是很高的标准。追求艺术的人不少，以艺术为生命的意义做毕生追求的人毕竟不多。我认识的木心属于后者。木心不打知名度，只打“无名度”（木心语），毕生致力于艺术创新，直到晚年，直到去世。木心当然也很在意读者怎么评价他的文字，每次听到读者反应都会仔细询问，但他在乎的是作品的艺术效果，而不是其他。对一位如此献身艺术并且成就不菲的汉语作家，用低位来审视他，若不是偏颇，也有失公允。

本文讨论文本间的关系，意在展开一个比较完整的思辨过程。举例基本取自欧美文学和理论，原因有三：一、专业的原因，我从事西方文学的研究几十年。二、木心对世界文学的了解，不亚于他对中国文学的熟悉；与多数汉语作家不同，他的创作很大一部分取自“异域”的思想和材料。三、了解中国以外世界的理念，有助于扩展思路，发现中和西在文学观上的差异。这里的“中”，并非指整个华夏文明的历史和文化，也不指生活在汉语文化中的所有人，而指特定历史环境下形成的中国特色。出自类似的原因，我也不采用“东西比较”的说法，因为当下的中国也不等同于“东方”。即便是同属一个文明圈的东亚诸国，在现代历史中也形成了迥然相异的价值和路径。

重温互文理论

“再生文本”一词本来可以中性，而卢文赋予它特定的贬义，即：非原创、涉嫌剽窃。我认为，这有违文学创作和研究的某些常识。鉴于一个语境里的反常识在另一个语境里却是常识，要跨越差异、说清楚道理不太容易；设“互文”为本文的关键词，以便从臻于成熟的当代西方互文理论（the theory of intertextuality）出发，逐步展开讨论。

传统的西方文本理论专注于版本的勘误，以建立一种权威的文本解读。当代的互文理论却是一种新的文本理论，其新意首先在于指出了读和写不是对立的关系。不仅如此，互文理论与解构、现代符号学、拉康心理分析、新喻说理论等共同形成当代西方思辨理论的思辨基础。这些理论虽然各有其重点，基本的逻辑是相通的，术语也时常重叠互换。讨论互文理论，势必涉及解构、符号学、喻说理论等；讨论其他当代理论，也离不开互文理论。下文提到这些理论时，取其相通的逻辑。

当代的互文理论因此是一个伞状概念，有必要先铺开网状的图，再寻找我们的关心点。多年前我发表过一篇详述互文理论的论文，可供参详，此处只做简述。[1]

1 童明：《互文性》，《外国文学》2015 年第 3 期，第 86—102 页。

二十世纪六十年代后期在欧洲出现的 intertextuality 理论，现在通用的译法是“互文”。另外，也有“文本［之］间”的译法。其主要理论点如下：一是作为现代符号学的延续，互文理论认为：All texts are intertextual（所有的文本都是文本间的或互文的）。二是阅读、写作、观察（思辨）三者之间的关系不是对立的，而是相对的[1]，意思是：在有创意的文字活动中，读即是写，写即是读；读者是作者，作者也是读者。三是与传统的文本理论不同，新文本理论认为，文本（尤其是耐读的经典文本）的语义，也要在文本之间的关系中判定，因此，在动态的解读中，语义是多层次（multi-layered）、多元的。

最早提出当代互文理论的是克里斯蒂娃（Julia Kristeva），而不是她的老师巴特（Roland Barthes）。这两位理论家的立场既有同也有别。例如，克里斯

1 Roland Barthes, “From Work to Text” in David H. Richter ed. *The Critical Tradition: Classic Texts and Contemporary Trends*, 3rd edition, Boston and New York: Bedford/St. Martin’s, 2007, pp. 878-882.(后面引用 *The Critical Tradition* 时简称为 Richter)

蒂娃更专注文学文本，巴特则将任何文本等价齐观。克里斯蒂娃提出互文理论，源头有二：一是由索绪尔（Saussure）开端的符号学；二是巴赫金（M. M. Bakhtin）提倡的语言是对话性、文学（以陀思妥耶夫斯基小说为范例）是主体间（inter-subjectivity）的理论。克里斯蒂娃将两者合二而一，提出互文理论。

当代西方各种理论都反对某个能指（signifier）对应某个固定所指（signified）的传统看法；认为任何词语都是在与其他词语的关联和组合中产生语义的；能指在不同的组合或关联中，产生的所指（即语义）随语境的变化而变化。被称为“语言学转向”（linguistic turn）的这种转变，很大程度归功于索绪尔的现代符号学。

巴赫金与符号学有相通之处，但他更强调词语和话语的社会性（social）。巴赫金认为，话语应该是对话性的（又称 dialogism）。对那种没有对话意向的话语（即命令别人服从的语言），巴赫金称为单一性话语（monologism）。其中的政治意义不言而喻。综合索绪尔和巴赫金的“语言学转向”，可用英语一言以蔽之：

A sign is relational, combinatory, and social.

语言学转向之后，“理论家认为，阅读活动使我们置身于文本之间的关联网（a network of textual relations）。解读一个文本，发现其语义，须追踪这些关联（to trace these relations）。阅读因此成为在不同文本间移动的过程（a process of moving between texts）”。[1] 换言之，一个符号、一个文本并不孤立存在，而是多个符号或多个文本的交接点。

要补充并强调的一点是，文本之间发生关联时，两者既有相似点，也一定有不同之处。为什么？借用德里达的话：“重复即改变”（Iteration alters）。

互文理论和德里达（Jacques Derrida）的解构理论也逻辑相通，彼此呼应。一个标志性的例证，是德里达在他的解构宣言《人文科学话语中的结构、符号和游戏》（简称 SSP）中，有一段专门批驳所谓“起源的神话”（the myth of arche），又称为“工程师的神话”（the myth of engineer）。德里达认为：所谓真

1 Graham Allen, *Intertextuality*. London and New York: Routledge, 2000, p.1. 本文外语片段的中文译本皆出自童明。

理性的话语或思想有一个纯粹和固定的起源（a pure and fixed origin）的说法，是一个神话（myth，又称“迷思”），因为根本没有这样的起源；号称自己的文字和思想有纯粹起源的所谓“工程师”（engineer）是自欺欺人，这样的“工程师”也是没有的，因为所有创造思想概念的人（包括“工程师”在内）都是利用不同来源的材料而创造的人（bricoleur）。[1] 德里达根据语言学转向的启示提出这一点，揭穿了“逻各斯中心”的逻辑如何制作一个个吓唬人的“真理”。德里达对“起源 / 工程师神话”提出的反驳，成为西方当代理论的共识。

那么，如果所有文本都是互文，所有的文字和想法都吸纳或综合了他人，是不是就没有“原创”了？这样问，我们又回到原点：这种所谓“原创”的概念，正是“起源 / 工程师”的“神话”。

虽然并非所有互文的文本都是原创，但任何的原创一定是互文的。

---

1 Jacques Derrida, "Structure, Sign, and Play in the Discourse of Human Sciences" in Richter, p.920.

怎样界定并识别一个“互文本”（an intertext）？“互文本”：一个文本中的另一个文本，无论它是被作者有意或无意吸纳的。更简洁的说法是：任何“互文本”都是 déjà，即“已经被写过或被读过的”法语缩语。

一个“互文本”可以是 déjà 的一段话、几句话，也可以是 déjà 的某些“痕迹”（traces）。某个语义丰富的词就可以是互文的。近几年时兴的“土豪”一词，立刻让中国人想到中国革命初期这个词的意思；“土豪”一词是互文的，但此“土豪”非彼“土豪”。

有些“互文本”一眼即可识别，有些则要用其他方式发掘。讽刺的是，我们对某些 déjà 话语习以为常，反而忘记了其互文性。比如，人们习惯性认为，批判现实主义或社会主义现实主义的作品更有“原创性”，因为它们“源于生活，高于生活”。姑且不论“生活”算不算“文本”，我们往往忘记了这类作品有个势力强大的“互文本”源头，即报章杂志、新闻媒体、会议记录和文件中无处不在的官方话语。这类作品有意或无意“再生”这些互文本，更容易被官方接受并广泛传播。很少有人质疑《欧阳海之歌》或《金光大道》这类作品是不是“原创”，也很少有人发掘它们的“再生文本”。为什么？

中外文化语言之间，常有不可全息翻译的遗憾。Text 或 intertext 中文译为“文本”“互文本”虽然并不错，却天然缺少了一个维度。从词源考证，text 既不是“文”，也不是“本”。拉丁语的 textum（web，woven fabric）、textere（tissue, thread or fabric）都和纺织有关。Text 跟 textile 和 texture 同源，正如 fabrication 跟 fabric 同源。最早将这个纺织的比喻用于写作使之与“文”相关的，据说是罗马时期修辞学家昆提利安（Quintilian, 35—100）。因为有这个古老的起源，text 或 intertext 在外语里使人自然联想到已经用过的丝线，联想到旧丝线可以织出新织品。

当然，并非新织品都具有同等的价值：有的是皇帝的新衣；有的是一块抹布；有时，是可以坐上去在世界历史遨游的魔毯。

“所有的文本都是互文本”这句话，可引申出几层意思。一、文本其实都是混纺织品。二、已经用过的丝线用于新的织品，新织品因新的用途已经改变了丝线原先的用途。如果新文本（织品）具有创意，它和它的互文本之间，就有一种需要我们仔细判定的“转换的关系”(transformative relation)。三、“所有文本都是互文本”虽然指出了文本的普遍现象，但它还不是衡量艺术作品高下的尺度。

一般而言，对 déjà 没有独到转换的文本，艺术价值偏低；采用 déjà 却全无新意的文本，则涉嫌艺术中的抄袭。例如，一个喜爱狄更斯的写手，直接把自己的新书取名 *Great Expectation*，就有抄袭之嫌。木心给自己的一本诗集命名《伪所罗门书》，其中的“伪”字提示了他的创新意图，即：此书虽然可与《所罗门书》形成某种类比或互文，却是重新虚构的。我曾向木心建议，此书名如果译为英语，可以考虑 *Book of Solomon, the Fake Version*，木心立刻表示同意。

互文（déjà）的丝线有哪些用途？古时纺织主要是女性的工作。我们从与女性纺织相关的希腊和罗马神话故事里可获得丰富的启示。命运女神摩伊赖(Moirai)三姊妹，用纺线和纺棒为工具，各行其责，掌控命运；

酒神（Dionysus）的妻子阿里阿德涅（Adriadne）用魔法丝线（线团）协助雅典王忒修斯（Theseus）走出迷宫；阿刺克涅（Arachne）是杰出的纺织女工，她向纺织女神雅典娜（Athena）挑战，雅典娜以完美的织锦胜出，将阿刺克涅变成织网的蜘蛛；《奥德赛》（*Odyssey*）里，喀耳刻（Circe）和卡吕普索（Calypso）是两个精于纺织的美丽女巫；奥维德（Ovid）的《变形记》（*Metamorphoses*）里，菲洛墨拉（Philomela）被妹夫泰诺斯（Tereus）强暴后割去舌头，菲洛墨拉变成夜莺，并通过纺车向妹妹普洛克涅（Procne）述说冤情。

《奥德赛》里，奥德修斯出门远征，众多男子向其妻佩内罗珀（Penelope）求婚。佩内罗珀为婉拒追求者，推说她要纺完一匹布才能考虑，以此拖延时间。白天，她在纺车前织布，夜里她又把纺好的布拆掉，这匹布永远也织不完。

本雅明（Walter Benjamin）评价普鲁斯特的小说艺术时，以佩内罗珀又织又拆的策略类比普鲁斯特以"非自愿记忆"为基石的写作方法。本雅明说："拉丁词 textum 的意思是'web'[网]。没有哪个人的文本 [text]

比普鲁斯特织得更紧。”[1]

古希腊和古罗马的神话故事，远远早于当代的互文理论。本雅明将普鲁斯特的文学创作与纺织类比，也比克里斯蒂娃和巴特提出互文理论早了至少三十年。前文已提及，互文理论之所以是新理论，因为它具有明显的当代意义。

在这些神话故事里，纺织的丝线、纹路、质地、工具等，是艺术的元素，又比拟着生活艺术中的各种策略或魔法，以达控制、运筹、解困、变化、掩盖、揭示等目的。与纺织同源的互文性，其灵活多变，由此可见一斑。

两种不同语境中的互文

重温互文理论只是讨论的开始。互文现象丰富多样，不一而足。我们接下来探索学术论文和文学创作

---

1 Walter Benjamin, “The Image of Proust” , in *Illuminations: Essays and Reflections*, ed. Hannah Arendt, trans. Harry Zohn, New York: Schocken, 1969, p.202.

这两种不同语境中的互文现象，在目的、特征、规则、评价标准上有哪些不同。

现代的学术论文归于科学研究范畴。人文科学和社会科学的研究，旨在梳理多方资料，综合他人的观点，以此为基础展开思辨过程，提出新的问题。学术论文很难写好。以文学批评的论文为例，最大的挑战是要以大量事实去引导一个思辨过程。若要获得参与学术讨论的资格，论文作者还必须遵守基本的学术格式和规则：引用别人的想法、论证和文字时要标明出处；提及别人的想法也要指明来源，并解释自己与别人相同或相左之处；间接引用（不采用引语）别人的观点，也要提到互文本及作者；引用他人的文字要加引号；文中加或不加注释，视刊物或授课教授的规定，但文后的“参考资料”必不可少。这些规则是学术论文的性质和目的所决定，违反了就是学术不规，涉嫌“剽窃”(plagiarism)。

如果写的是散文随笔（通常归于文学艺术）而不是论文，是否要遵守上述的规则？常识是，如果散文也列出“参考资料”和互文来源，就变得不伦不类。

但，也有介乎于散文和论文之间的写作，列出了互文来源或“参考资料”。英语里，essay一词既可指论文也可指散文，若要表明是文学散文，用poetic prose或prose poetry就明白无误了。二十世纪下半叶，有些欧美作家（如巴特）试以散文方式阐述理论，使论文和散文的界限更加模糊，加注或不加注，成为一个选项。

此外，学术论文还有教学的用途和功能。大学里规范学生的论文，为的是培养学生良好的思辨和科研习惯。超出基本要求的严格，要严到什么程度，视裁判者对教育宗旨的理解而定。国内大学的文科对论文格式的规范，包括学生不得重复自己写过的文字，一旦被“查重”发现，就要求纠正，或面对惩罚。就这一点而言，国外没有这么机械。学生虽然不可拿之前的论文到另一门课充数，但如果拿旧文找教授商谈，说明旧文和现在的课的相关性，教授可酌情处理，可要求学生对旧文做些补充或改动。

文学创作属于艺术，其目的、创作方法、形式、评价标准都不同于学术论文。要求文学作者标明互文来源，等于要求他们把诗、散文、小说写成论文，也等于要求文学作品立刻具有教材的功能。这有违常识。

在美国大学设置的课程里，可直观这两类写作的不同。美国多数的英语系（包括我供职的英语系）设置两类课程：属于文学研究的一类，包括文学史、文学解读、文学研究、文学理论，占英语系课程的大部分，学生交的作业包括练习、考试和学术论文；论文必须遵循学术论文的格式和规则，格式不合规要扣分，发现剽窃（如：用网上购买的文章充数；让别人代笔；文章的大部分直接挪用他人）则不及格，经仲裁判定后记录在案。

文学创作则属于另一类课程，统称 Creative Writing（文学创作）。学生交的作业，是汲取了工作坊师生的建议之后改过几稿的诗、小说、散文、戏剧、影视剧本。文学创作课也要学习如何互文，但并不遵循学术论文的格式规则。

文学创作课有一个常规练习。老师分析了一篇经典的短篇小说之后，布置这样的作业：让学生在理解这篇小说的基础上讲同样的故事，但是必须做一些改变，比如改变原小说的文化或历史背景，改变人物的性别、职业、年龄，等等。一旦做了这些改变，学生就会发现，语境变化后必须做相应的改动，“创作”就自然发生了。为了让学生向原作学习，指导老师往往要求学生不改变原故事的情节和逻辑。

这是在教学生抄袭吗？诙谐的说法：这是“礼貌地偷”（stealing politely）。大学里教文学创作课的老师，必须是发表过作品的诗人、小说家或剧作者；他们熟知文学的特质、创作规律以及行规，并以此指导学生。对文学创作课的作业（作品），不要求标示出处或列出“参考文献”。授课老师可能根据课程目标，要求学生附上别人的修改意见，或者自己的初稿和二稿。

美国许多英语系在授予 MFA（艺术硕士）学位时，除了要提交一部诗集、小说集或回忆录作为主体作品，还要求添加一篇“序”；“序”是独立于主体作品的一篇论文，其中要提到自己受到哪些作者或作品的影响，学到了什么；“序”的文后需要列出参考文献。这个附加要求的目的，是给予文学创作课程一个学术的合理性。

美国出版社出版文学作品的惯例，是不加任何评注，其后，如果作品被经典化，有更广泛的教学和研究用途，可能考虑出评注版。

木心小说集英译本 *An Empty Room: Stories*，2011 年 5 月由美国 New Directions 出版。这是一家非常有名的文学出版社，以出版名家名作为宗旨，选书的门槛很高，一旦出了书，永远不绝版。作为译者，我和责编就英译本的清样稿频繁交换意见。责编一开始就告诉我：译作中添加的几条脚注要删除，文字作相应调整。我问责编什么原因，责编明确回答：小说、诗集不能有任何脚注，这是出版界的规则。

联想到国内出版文学译作都有大量的注释，几乎没有例外，我问：这是译本，一条脚注都不能有吗？责编答：翻译的小说也是小说，不能有任何脚注。

欧美主要的出版社都遵循同样的规则：文学作品不标明互文本的出处，不加任何脚注；评注版例外。[1] 现在出版的 *An Empty Room*，一个脚注也没有。书后

1 John Barth 出版过一本元小说《学术假》(*Sabbatical*)。其中的女主角是休学术假的教授，小说出现大量的脚注符合学者的习惯，也有暗讽学者生活的意味。《学术假》显然是例外。

简短的“译者后记”，出版社开始也说不需要，到了定稿的最后两周才改变决定，让我写两三页即可。

文学创作中的互文既然要遵循艺术的规律，那么，文学的主要艺术特征是什么？从哲学角度回答，有多种答案。从相对的技术角度看，文学的主要艺术特征是：虚构（fiction）。虚构亦即转化，是文学创作的魔法。尊重文学艺术的规律，与尊重魔术的规律同理。如果有人逼刘谦揭秘，那是要颠覆魔术的目的，俗称砸场子、破行规。当然，也有人乐此不疲。

华兹华斯说，诗人是一个对其他普通人说话的普通人，但他又不普通；诗人与其他人的区别，是各种能力的“程度”不同：诗人“有更活跃的感知力，更激情也更温柔，对人性有更深的理解，有一个更能包罗万象的灵魂……与其他人相比，他更能受无形之事感染并使之显现”[1]。文学作家和普通人一样，接触到相同的书报、信息和事物，但他更强的感知力、理解力、观察力，使他能感悟生命中的神秘之处，能像魔术师

1 William Wordsworth, “Preface to Lyrical Ballads” in Richter, pp. 311.

一样，将我们熟悉的材料虚构，亦即“转换”（transform）；他能看到别人看不到的事物（想象力），并使之显形。转换能力就是虚构能力。不会虚构的作家当然也是作家，但不是文学作家。

文学的虚构包括三个相互关联的要素：以想象力建构；以新颖的修辞方式表达；有符合新内容的新形式。以此识别文学作者的创新能力（即原创性），是文学研究者的本事——本来就是自己该做的事即为“本事”。

通常我们理解的虚构是情节的虚构。这自然不错。亚里士多德在《诗学》中着重讨论情节的虚构，他说：诗人叙述的不是已经发生的事，而是“根据可能和必要的法则[叙述]有可能发生的事”（65）。亚里士多德之后的文学理论家，补充了“虚构”的内涵。英国文艺复兴时期，锡德尼（Philip Sidney）用“假说的事例”（feigned examples）扩展了亚里士多德的概念。所谓“假说”（feigned），指使用文学修辞手法之后产生的虚构效果。修辞格不仅包括喻说，还有反讽、模糊、讽喻、象征，等等，表达的都不是字面的意思，而是使字面意思弯曲产生折射的意思。至于“形式”，古今中外的讨论内容非常丰富。“形式”不仅指作品的架构，也指各种形式的要素，比如作者创造出的独特“声音”、意象、叙述角度、场景，以及某种修辞手法（如模糊、反讽）构成的情景。

这样概述文学的“虚构”，仍然难免挂一漏万，但可引出进一步的思考。一、文学的假说并不假，而是更深层次的真实，它源自感知（perception and susceptibility），又引导读者获得不同寻常的感悟（judgment），因此，文学艺术与现实的关系不是“反映”，而是在虚构中的“意味”。二、中国的文学研究长期受现实主义理论的影响，更倾向于写实或称“实写”，常常淡化了虚写才是文学艺术的本质。三、对文学作品中互文现象做出判断，首先要看互文如何通过艺术虚构（转换）形成完整的作品，以及在转换中 déjà 发生了什么变化。正如“语言学转向”告诉我们的那样：文字符号在不同组合、不同关联中产生不同语义。以 drug 一词为例：药房拿到的 drug 通常是药品，街角上某人兜售的 drug 可能是毒品。

文学作者对 déjà 的袭用和借用，为的是完成新的虚构。文学研究者对作品是否独创或原创的判断，要看作者的虚构是否有独到之处，是否形成了新的艺术整体。互文是文学创作的基本规律。因为作家是bricoleur，所以互文和原创不是二元对立，号称没有互文的“原创”反而令人生疑。炉火纯青的文学作者，对 déjà 已不仅是借用，而是游戏式的“化用”。其实，科学技术中的“原创”也是综合多源头而来：牛顿发现万有引力不是因为一个苹果落下的偶然所得；任何一款的智能手机离不开来自各国的零件。

若将文学作品比作一块混纺的织品，那么判断织品的优劣或许包括两方面：一是它的设计、图案、主题和整体的美感；二是考查丝线是什么质地的，从哪里来，等等。虽然文学研究可以二者兼顾，但重点是一，不是二。只关注丝线来源某人，可能是卖丝线的，却不是艺术家。

艾略特的《传统和个人才能》一文对现代文学影响深远。文中有个基本观点：但凡成熟的文学家，已经从创作中明白，他必须先进入文学传统，继承文学传统，并在某个方面改变他所学习的前辈作家；这样做既丰富文学传统，又展现个人才能。所以，文学家的才能，在于知道怎样将自己的文本和其他文本关联起来，知道如何化旧（déjà）为新。这就产生了一个文学创作的悖论：成熟的作家能够克服“自我”的执念，又能通过创作默默传达一种“作者意识”。艾略特说：“任何诗人，任何类别的艺术家，都不可能独自拥有完整的语义。所以，对他的理解，是对他和已故作家（dead poets）[1] 之间关系的理解。你不能孤立地评价他；你必须把他和已故作家加以对照和比较。”[2]

艾略特的这个看法，无异于用另一种方式重复了福楼拜的艺术原则：显现艺术，隐去艺术家。在福楼拜之前，这个原则已经存在。继福楼拜、艾略特之后，木心也深信这个艺术原则。木心还悟出其他的艺术原则，比如后文将提到的“他人原则”。木心深谙艺术与非艺术的区别，他说，“艺术自有其摩西”。

---

1 影片 *Dead Poet Society* 译为《死亡诗社》是误导的译法。其中，dead poets，和艾略特的意思一样，指已故作家，亦即已故的经典化作家。

2 T. S. Eliot, “Tradition and the Individual Talent” in Richter, pp. 538.

认为文学作家利用互文就不是“原创”的观点，依然在盛行。当我们看到利用互文却毫无新意可言的例子比比皆是时，这个观点似乎是合理的。而我们的前提是：文学的艺术性和互文的统一，只能发生在成熟作家的作品里。

西方文学史中的案例和相关标准

对文学作品的评价，除了从形式层面考查其虚构的新意（整体构思、口吻、节奏和韵律、视角、人物和声音，以及与叙事逻辑相符的形式），还应该探究其深意，即：作品的艺术感染力将读者引向什么样的思辨和价值。

西方文学史逐渐形成的一种美学倾向，是作者不把自己置于作品中（romantic poets 和 confessional poets 的“主观诗学”例外）。作品中的“我”不是作者“我”(not the author in his person)，而是虚构的他者“我”（a persona）；作者已化为形式的要素和结构，化为细节。作者的主体意识已化作诗、散文、小说中的“诗意智慧”(poetic intelligence)。化,即转换(transformation),亦即虚构。

学术论文要做到研究的准确和客观,而文学追求的是美学的目的。判断学术论文中的互文,看作者如何综合各种证据推演一个思辨过程。对文学作品中互文的判断,看作者能否将 déjà 化为一个新的有机整体的一部分。

卢文中提到现代的知识产权法理,可能忽略了一点:对文学作品的“法理”认定(包括对作品的互文或其他现象是否合法的解释),首要的权威不是法庭,而是文学研究(包括理论)的集团,即正常社会里不设法庭的文化集团。以福楼拜的《包法利夫人》为例,研究欧美文学的文化集团,历来将此小说视为现代文学的范本,从来没有认为福楼拜有任何不规。十九世纪中叶,这部小说却被人以“有伤道德风化”的罪名告上法庭;福楼拜的律师团很专业,对小说大段大段的文字做出与控方相反的解读,并且指出小说文本与宗教文本的互文(控方未能识别的互文)。最后,因为法官的判决认同辩方,福楼拜胜诉。时值 1857 年,正是拿破仑三世专制的法兰西第二帝国时期。福楼拜算是运气好，因为那时的法国社会并不那么正常。同一个时期，波德莱尔的诗也被告上法庭，作者败诉并被罚款，部分诗被禁。在西方的文化集团看来，对福楼拜的审判是闹剧，对波德莱尔的审判是法兰西历史上的一个污点。

在学术研究中，某作者抄袭另一位作者的想法，却隐藏来源，是明显的剽窃。在西方文学史上，一个作家模仿或借用另一个作家的艺术设想、细节、某些词句，却是常见。用 déjà 的旧丝线编织新文，关键在于能否转化为新的风格、新的文本。做得好，有新意，新作品有独特的作者意识，就不是抄袭。

我们来比较两首诗：一首是莎士比亚的《西尔维娅之歌》(*Silvia*)，另一首是华兹华斯的《露西之歌》(*Lucy*)。两首诗各自都是赞颂一位已经去了天堂的美丽姑娘（Silvia，Lucy），都有三个诗段。两首诗最鲜明的共同点，是以天和地这样相反的意象构成充满张力的统一，被评论家称为“反讽式的结构原则”(irony as a principle of structure）的绝佳例证。莎士比亚的《西尔维娅之歌》，第一段以天堂的圣洁比喻她的美，第三段描写“我们”在她的墓前献花怀念。华兹华斯的《露西之歌》，第二段用星星和长满青苔的岩石旁的紫罗兰来表示天和地的反差，暗示反讽结构；第三段的情景和莎士比亚《西尔维娅之歌》的第三段的情景非常相似。这两首诗的原文放在了下面的脚注，请观察两首诗在结构和细节上的相似度。[1]

华兹华斯和莎士比亚之间差了大约两百年。华兹

---

1 Who is Silvia: what is she
That all our swains commend her?
Holy, fair, and wise is she;
The heavens such grace did lend her,
That she might admired be.

Is she kind as she is fair?
For beauty lives with kindness.
Love doth to her eyes repair,
To help him of his blindness,
And, being help'd, inhabits there.

Then to Silvia let us sing,
That Silvia is excelling;
She excels each mortal thing
Upon the dull earth dwelling:
To her let us garlands bring.（莎士比亚）

华斯的《露西之歌》是否以莎翁的《西尔维娅之歌》为互文本？我们不得而知。但两首诗之间很高的相似度，被视为文学史中的继承和创新。如果华兹华斯“抄”了莎士比亚，他做得很巧妙。

莎士比亚借用的互文多而广。至少有十三部莎剧是以其他作者的作品做蓝本。他的多部历史剧源自普鲁塔克（Plutarch）。《终成眷属》（*All's Well That Ends Well*）、《辛白林》（*Cymberline*）、《维洛那二绅士》（*The*

She dwelt among the untrodden ways
Beside the springs of Dove,
A Maid whom there were none to praise
And very few to love:

A violet by a mossy stone
Half hidden from the eye!
—Fair as a star, when only one
Is shining in the sky.

She lived unknown, and few could know
When Lucy ceased to be;
But she is in her grave, and, oh,
The difference to me!（华兹华斯）

以上两首诗收入 Cleanth Brooks's “Irony as a Principle of Structure” in Richter, pp. 799-806.

Two Gentlemen of Verona）三部剧的情节源自薄伽丘的《十日谈》。莎士比亚还受到神话故事、奥维德（Ovid）和他同时代作家的启示。近年来，莎学研究也开始用新技术“查重”，发现十几部莎剧在场景、对话、人物塑造、遣词造句上与十六世纪一位默默无名的作者乔治·诺斯（George North）的一本书高度相似。[1] 莎士比亚的许多想法、用词、剧情、故事逻辑，源头都是别人的文本。但莎翁的修辞能力非凡，想象力和讲故事的技巧超人，他重讲的故事对人性有全方位的、更深刻的理解。他的天才就是他的原创。补充一句，莎学研究界对于通过“查重”得到的新发现，并不认为是抄袭或剽窃，虽然也有媒体的标题党兴奋了一阵子。

就所谓木心“抄袭”一事，我与一位理工科的博士做过讨论，也举了上面的例子。他认为：这些都是二十世纪之前的事，现在对剽窃的法律更明确更严格，像莎士比亚那样做也不可以了。很巧，卢文也持相同

---

1 *A Brief Discourse of Rebellion and Rebels by George North: A Newly Uncovered Manuscript Source for Shakespeare's Plays*. D.S. Brewer, 2018.

观点，认为：木心是当代作家，按照现代的法律，木心的“再生文本”涉嫌抄袭。这种观点暗示一个逻辑：莎士比亚、华兹华斯他们就是“剽窃”，既往可以不咎，现在就不可以了。那么，问：今天和以往的文学史家、文学理论家的法理判断并不认为莎士比亚、华兹华斯等人剽窃，是知法犯法吗？现代的法律，对学术论文和艺术作品的互文现象，遵循同样的评判标准吗？

上面列举的《西尔维娅之歌》和《露西之歌》两首诗，分别作于十七世纪和十九世纪。在论文里将两首诗并列、指出它们高度相似、非但不指责抄袭反而视之为文学史范例的布鲁克斯教授（Cleanth Brooks），是二十世纪美国新批评理论的代表人物之一，他的这篇论文（“Irony as a Principle of Structure”），先后发表于1948和1951年。作为当代理论家的布鲁克斯是法盲，还是有失细查？如果有失细查，把这篇论文当作经典文论文本阅读的许许多多学者也视而不见吗？

英美的文学教授，几乎无人不知晓艾略特的名言："Good writers borrow, great writers steal."（好作家借，大作家偷）此话诙谐，略带自嘲。所谓“偷”当然不是偷，而比喻“化”，化庸常为神奇的“化”。艾略特是二十世纪的大诗人和大文学理论家。在诗创作和文学理论双重意义上，他都是当之无愧的立法者（legislator）。

幽默归幽默，大家引用艾略特这句名言时都是认真的；许多人都知道这不是艾略特的原话，却是他的原意。

1920 年，艾略特写了一篇论文《菲利普·麦辛哲》（“Philip Massinger”）。麦辛哲是与莎士比亚同时期的英国剧作家，写作的时间略晚于莎士比亚，他剧作中有许多文字与莎翁互文。艾略特仔细比照（像卢文那样仔细）两者，指出某些互文的段落里，麦辛哲如何将莎翁的文字转化为自己的文字。艾略特此文重点讨论互文在创作中如何转化。艾略特写道：“Immature poets imitate; mature poets steal; bad poets deface what they take, and good poets make it into something better, or at least something different.”（Website）（“不成熟的诗人模仿；成熟的诗人偷；糟糕的诗人损毁他们所借用的，而好诗人使之更好，或者至少使之成为另一种东西。”）这段话把文学虚构中的互文说得非常清楚：

对文学中 déjà 的判断，不是看是否借用了别人，而是 déjà 是否有恰当的转化。转化巧妙得体，就有艺术价值。

文学创作就没有抄袭和剽窃吗？有。我所在英语系文学创作课的师生会谈到两种常见的情况。一种情形：还没有学会艺术虚构（“不成熟的诗人”）的写手，借用别人文本却跳不出别人的语境，作品一看就是别人的，而不是与 déjà 有区别的“另一种东西”。第二种情形：洛杉矶地区有许多人写影视剧本。有的人向影视公司递交自己的剧本（初步设想或完整剧本），对方说没有采纳，而之后发现，影视公司发行的作品与之前被拒的稿件，在设想或细节上相似。美国的司法以案例为基础，这种情形要请律师提出诉讼，证明自己的知识产权受到侵害。辩方在法庭上常用的理由是：我们借用的是已故经典作家（如莎士比亚）的文本。改写已故诗人（dead poets）的文本通常不算抄袭，因为仿效文学史上作为范本的作品，被视为对传统的继承。借用同时代作家作品，很容易侵犯别人的利益，时常产生知识产权的纠纷。

不同版本中标注或不标注互文本的规则

文学文本中出现 déjà，要不要标注源头，怎样标注？这一节以艾略特和博尔赫斯的不同版本为例进一步讨论。

在欧美，作者和出版社遵循的惯例，是文学文本（包括其译本）不能添加注释或“参考文献”（姑且称这种版本为“净本”），因为添加了会干扰文学的阅读，文学文本会因此失去其艺术属性。在这一点上，中西的看法可能非常不同。

以艾略特的长诗《荒原》为例。此诗为现代文学中刻意使用互文的极致：每个诗段都有或明或暗的互文本，有时，连续几句都是 déjà。《荒原》取材并借用了古今几十位作者的各种文本。[1] 但凡认真读过《荒原》

---

1 艾略特借用了以下作家的文本：Homer, Sophocles, Petronius, Virgil, Ovid, St. Augustine, Dante, Shakespeare, Edmund Spenser, Gerard de Nerval, Thomas Kyd, Chaucer, Thomas Middleton, John Wester, Joseph Conrad, Milton, Andrew Marvell, Richard Wagner, Oliver Goldsmith, Herman Hesse, Aldous Huxley, Paul Verlaine, Walt Whitman, Bram Stoker. 此外，还借用了《圣经》、印度教的《奥义书》、佛教的《火经》，以及文化人类学著作，如：

的人都知道，这首混纺编织的长诗里的每一个 déjà 都获得了新意，融入诗的整体构思，表达诗中特定的意思。

用旧丝线编织新的混纺物，是《荒原》的主要方法，不仅是词法、句法，还是章法。对《荒原》的最后一段做“查重”，立见艾略特的混纺章法。我在方括号里简单标注了互文源头：

London Bridge is falling down falling down falling down[英国童谣]

Poi s'ascose nel foco che gli affina[意大利语，Dante's *Purgatorio*]

Quando fiam uti chelidon[拉丁语，无名氏的诗 *Pervigilum Veneris*]–O swallow swallow

Le Prince d'Aquitaine a la tour abolie[法 语，取自 a sonnet by Gerard de Nerval]

These fragments I have shored against my ruins[“I” 指 Fisher King，取自相关传说]

James Frazer，*The Golden Bough*; Jessie Weston，*From Ritual to Romance*。

Why then Ile fit you. Hieronymo's mad againe.

[取自 Thomas Kyd's *Spanish Tragedies*]

Datta. Dayadhvam. Damyata.[梵文，取自印度神话的三个词]

Shantih Shantih Shantih[印度教的祷告词]

(*The Waste Land*，第 427—434 行)[1]

如此多的互文，艾略特有没有标明出处？这里有个出版史的故事，值得细查。

今天看到的《荒原》的多数版本，都收入艾略特自己添加的几十条注释，加上其他人的注释就更多。艾略特的注释，或指出某行诗句的出处，或解释互文与这首诗的关系。对于这些注释，几乎所有读《荒原》的大学生都有些抵触，抱怨读诗变成了劳作，失去了应有的乐趣。

读者的反应先搁置一边，《荒原》附有这么多注释，似乎支持了卢文的看法：如果木心如果也这样标明互

1 T. S. Eliot, *The Waste Land,* Norton Critical Edition, ed. Michael North, New York: W.W. Norton, 2001.

文的来源，何来抄袭一说？

但是，《荒原》起初的发表并没有任何注释。1957年，艾略特在《批评的前沿》（"Frontiers of Criticism"）一文中谈及此事的前前后后。艾略特说："我最初只是记录下引语[互文本]的来源，为的是堵住那些指责我早期诗歌是剽窃的批评者的枪口"（"…with a view to spiking the guns of critics of my earlier poems who had accused me of plagiarism"）(112-113)。艾略特接着说：《荒原》这首诗在 *The Dial*（英国文学期刊，1922年10月号）和 *The Criterion*（美国杂志，1922年11月号）上发表时，"没有一条注释"。换言之，《荒原》最早两次以"净本"发表。1922年12月，艾略特想把此诗当作一本小书出，发现书实在太薄，"我于是扩充注释，多增加一些印刷的页数"。再后来，艾略特说起加注释的决定，不无懊悔，他说："结果就是，它们[注释]变成了今天仍然能看到的伪学术 [bogus scholarship] 的大展览。"为此，艾略特对当代其他诗人表示歉意："但是，我想这些注释没有对其他诗人造成伤害：我绝对想不起来哪个优秀的当代诗人滥用了[加注释]这个做

法”。(113)

艾略特的这段话再清楚不过：文学文本出“净本”，不加注释，不标注来源，对作者和出版社而言才是标准的惯例。重复一遍这里的关键点：《荒原》最早的两次发表是“净本”；艾略特对自己导致《荒原》出了注释本一事，有点后悔，并向同行道歉。

即便《荒原》有了注释本，还是有人指责艾略特剽窃，如同时而有人要指责莎士比亚一样。他们人数不多，但是有，网上可以查到。欧美的文化集团对此是什么看法？我的面前摆着一本诺顿评注版（Norton Critical Edition）的《荒原》。诺顿是美国一家有名的大出版社。“诺顿评注版”是一种为大学教学和学术研究设计的权威版本，仅用于经典化作家的经典作品，通常包括：一篇《序》或《介绍》、作品原文、各种语境（contexts)、跟作家和作品相关的资料、有影响力的评论文章、作者生平的时间表、索引，当然，还有对互文本的大量注释。在《荒原》的这个诺顿评注版里，收有历年来对《荒原》的书评和权威性研究论文，共25篇，没有一篇指责艾略特的互文涉嫌“抄袭”或“剽窃”。一个字的指责也没有。至于《荒原》是否涉嫌剽窃，西方文化集团的法理判定还有另一个证据：1948年，艾略特获得诺贝尔文学奖。

再举博尔赫斯为例。善于用多种多样的 déjà 编织成哲学思考、散文、诗、小说之间的作品，是博尔赫斯鲜明的特点。木心的写作也有这种特质。有人称之为“后现代”风格，其实和“后现代”没有什么因果关系。

博尔赫斯讲的故事来自不同文明和历史的作者，借用的 déjà 丰富多彩。打通阅读和书写的隔膜，以灵活的互文、混纺编织的风格引导或揭示神秘主义的哲学思考，就是博尔赫斯的原创。

我面前摆着博尔赫斯的《虚构小说全集》(*Collected Fictions*)。这是一个英译本，译者是安德鲁 · 赫尔利(Andrew Hurley)，企鹅（Penguin）1998 年出版。[1] 这个全集版与评注版又有所不同：作品的正文保持“净本”的惯例，不加任何注释。少量的注释（不是作者而是研究者添加的）、译者说明、鸣谢都作为附录列

1 Jorge Luis, Borges, *Jorge Luis Borges : Collected Fictions*, translated by Andrew Hurley. New York: Penguin, 1998.

在全书的最后部分。这样的处理，不妨碍正常的文学阅读。

《全集》把博尔赫斯在不同时间段里（1935—1983）出的九个小说集汇为一本书。九个小说集各自保持原来的标题，保留原来的“前言”或“后记”，个别集子既有“前言”也有“后记”。博尔赫斯从不在作品的文本中加任何注释。在“前言”或“后记”里，他有时会谈谈文学的风格和自己写作的方法，偶尔也会提到自己借用了某某的互文本。木心的读者应该已经注意到：这正是木心的做法。

这九个集子出版时都是“净本”，但是其中有一个小小的例外。第一个小说集（“A Universal History of Iniquity”）初版1935年，再版1954年，两个版本的“序”都收入，在这个集子最后列有“来源索引”（Index of Sources），在《全集》的第64页，共七条，说明博尔赫斯的七个小说人物取自哪些互文本。我无法判断这个“索引”是博尔赫斯还是出版社添加的。相对于其他的八个小说集，这是一个例外。

兼论对木心“非原创”和“抄袭”的指责

本文主论西方语境（尤其是文学虚构中）的互文理论、实践和惯例，以此作为参照，或可说明我和卢虹贝女士的分歧，也邀请各位方家思考这些差异，在具体分析木心文字时厘清是非曲直。前面说过，卢文和本文在认知和观念上的差异，折射了当下的中和西在文学创作和研究中的某些隔阂。

我翻阅了一些反驳卢文观点的文章，特别注意到署名“随安室”的文章。随先生思路豁朗，行文简洁，直入问题的关键，即：如何看待木心的互文，实质是如何评价木心的艺术观、艺术风格，和他作为艺术家的人格。其中有一小段可圈可点：“木心直言他对艺术始终忠心，之于文学而言，这种忠心是游戏般的忠心，赤子游戏，必有其‘诚’在。木心的文学，是他严肃的游戏，或者更确切地讲，他的文学真正透露出游戏的严肃，得失在兹矣。”

随先生特别提及木心的“游戏”，说明他熟悉其中的哲学命题。我补充一个注释：木心的艺术观，深受尼采以艺术实践哲学的启示。人类永不止息的创造对应着宇宙间永不止息的生命力，是尼采对美学的一个广阔而深远的定义。尼采以孩子和艺术家的游戏，比拟这种永远要创造新的可能的生命力。当代理论的中心人物德里达承继尼采，指出尼采正是用艺术的“游戏”改变了西方实践哲学的方法，并称之为“自由游戏”。所谓“自由游戏”，是为了更大自由的“游戏”。就此题目我写过一文，可供参详。[1]

木心回国后有一次对媒体说：中国需要的是创新者，不是国学大师。创新是木心艺术风格和人格的核心。他始终亲近不同源头的活水，时时在创造新词句、新文思、新意象、新格调、新结构。随时琢磨修辞方法，对木心是游戏，也是活的思维。无论他向谁学习，如何利用互文，木心的思路和文体形成了别人很难模仿的“标志性风格”（signature style）。事实上，所有经典作家的“标志性风格”，就是他们原创的证明。

木心说过许多次，他使用互文是焊接、熔裁、转化，

1 童明：《尼采－德里达－卡斯：何为自由游戏中的自由》，《外国文学》2021 年第 2 期，第 88—99 页。

类似绘画的转印、音乐的变奏。把这些话与博尔赫斯的“前言”和“后记”加以比照，不难看出，木心这样揭示自己对互文的理解，既光明磊落，也符合世界的文学传统和惯例。

木心诗曰：“我愿他人活在我身上 / 我愿自己活在他人身上”。[1] 这个“他人观”和木心的互文实践密不可分，可称为木心的“他人－互文”原则。

《伪所罗门书》是“他人－互文”原则产生新作品的例证之一。[2] 现在出版的是“净本”，如早期的《荒原》版本一样，没有一条注释。这个“净本”的好处，是读者可以随着一个坐魔毯的人，去经历一次精心虚构的奇特旅程，而不是在读一本学术论文。虽然各诗篇的历史和文化时空在不断变化，所有的诗篇都统一在完整的艺术结构里。在这个意义上，《伪所罗门书》是原创，正如《荒原》是原创。

1　木心：《知与爱》，载于《木心诗选》，广西师范大学出版社，2015 年，第 235 页。

2　木心：《伪所罗门书：不期然而然的个人成长史》，广西师范大学出版社，2008 年。

对于《伪所罗门书》的互文和整体设想的关系，木心在书中给了两个提示。

提示一是副标题“不期然而然的个人成长史”，暗示着《伪所罗门书》属于 *bildungsroman*（德语：精神或艺术意义上的个人成长史）这个类别的传统。贯穿全书的是“一个人”，那个坐魔毯飞来飞去的虚构人物；虽然这个他者“我”（persona）有木心自己精神成长的痕迹，却并不就是他本人。木心早期计划写一部自传体的《瓷国回忆录》。后来，他找到了以他人写自己、以自己写他人的写作方式，抛弃了自传的计划。塑造《伪所罗门书》中的这“一个”，木心借用了几十位西方作家的互文本，虚构了不同时空中的各种场景。木心散文小说《温莎墓园日记》，[1] 用拉丁语 *E pluribus unum*（许多个化为一个）表示同样的“他人”主题，可用来概括《伪所罗门书》的写作方法。事实上，木心写了两部 *bildungsroman*，诗歌版是《伪所罗门书》，小说版是《豹变》（英语版，*An Empty Room*）。

1　木心：《温莎墓园日记》，载于《豹变》，广西师范大学出版社，2017 年，第 185—201 页。

提示二：在《序》里，木心引文学传统为先例，提到历来都有作家假借所罗门的名义留传箴言和诗篇；笔锋一转，引出“魔毯”的比喻：“当然是魔毯好，如果将他人的‘文’句，醍醐事之，凝结为‘诗’句，从魔毯上挥洒下来，岂非更乐得什么似的。”（无页码）这个比喻十分贴切。文本采用 déjà 的丝线混纺编织，是互文理论的核心语义。阅读《伪所罗门书》时，我们对丝线的质地和来源难免好奇，但怎么可以忽略这块魔毯，这块可以超越时空去完成一个奇特的个人成长史的魔毯？研究者如果将所有的注意力放在丝线的来源上，即使手里攥了再多的丝线，也不明白魔毯是怎么飞起来的。

木心归国之前的几年就开始创作《伪所罗门书》。他住在纽约郊区森林小丘的那几年里，我几次从洛杉矶过来拜访他，每一次他都会让我看几篇他的新诗作（《伪所罗门书》的片段）。他的作品都是手写，或不用新纸，在废弃的印刷品背面写作。每首诗都是几易其稿，誊写多次。定稿上也忍不住再次改动，有时他会涂上白胶，再填上新字。稿面干干净净，书法又很好看。他会静静走到隔壁的房间，留我一人在他书房的灯下读他的诗稿，听到我读到有趣处笑出声来，就急忙跑进来一探究竟。这期间，我喜欢上了木心以“故实”作诗的风格：用平实的笔调，表达情感、诗趣和哲思。我惊讶于他“故实”的细腻入微，写异国他乡（他从来没有去过的地方）的细节也真实可信，例如他很会描写中国人完全不熟悉的食品和烹调。问他，笑答：当然是找资料学来的。后来，他专门写了一封信，给我解释李清照等古人以“故实”抒情的争论，以及他的想法。

2008 年 10 月我在木心乌镇的家里住了两天。木心很郑重地把初版的《伪所罗门书》送给我。那是个方方正正的毛边本，很能满足美感。我一晚上读完诗集，兴奋不已，第二天和他谈了许多。那一次，我问木心先生：《伪所罗门书》借用了哪些作家的互文本？木心在纸上先写下十四位西方作家的名字（按照他的拼写如下）：施托姆；史蒂文森；瓦尔拉莫夫；屠格涅夫；博班；兰佩杜萨；维日诺夫；叶芝；卢骚；福楼拜；沃克；哈贝；特罗洛普；兰姆。后来，他又补充了六位：

乔伊思；索尔达蒂；怀特；卡尔曼；毛姆；纪德。共二十位作家。

木心说：为了准确想象每篇诗中带有具体时空特征的细节，他借用了各种各样的资料，包括上述的作家；他说，他借用的都是过渡性的文字，是“别人的边角料”。上面那些作家许多是诗人，但他没有借用他们的诗作。

木心说，他的方法，类似音乐的主题变奏和绘画史上将别人的画重新创作的方法。我的笔记本里记录了他两句话：“以后的文学史上，这会成为一个主要方法。这是修辞思维不断改善的途径之一。”

对木心的互文生成，随安室先生说得好：“木心之于他的取材，是生长式的。……木心的文本包裹着他的取材，意欲实现修辞和文体的生长。”

《伪所罗门书》以后或许会出评注版，但前提是：木心的作品受到了更好的关注，有更多深入的研究，能看到木心互文的原创性，能指出其艺术和思想的价值。

私下里木心多次对我说：“艺术的道路是伟大的，走在这条路上的人也应该伟大；如果自己不能伟大，总会被这条路拱出去的。”

艺术是“道可道，非常道”之大道，文学作者和文学研究者论道，喋喋不休，为的是这个道不尽的道。只要不离此道，我们就能辨明谁是道中人，谁不是。

参考文献

英语

Allen, Graham. *Intertextuality*. London and New York: Routledge, 2000.

Barthes, Roland. “From Work to Text” in Richter, pp. 878-882.

Benjamin, Walter. “The Image of Proust.” *Illuminations: Essays and Reflections*. Edited by Hannah Arendt. Translated by Harry Zohn. New York, Schocken, 1969, pp. 201-215.

Borges, Jorge Luis. *Jorge Luis Borges : Collected Fictions*. Translated by Andrew Hurley. New York: Penguin, 1998.

Brooks, Cleanth. “Irony as a Principle of Structure” in Richter, pp.799-806.

Derrida, Jacques. “Structure, Sign, and Play in the Discourse of Human Sciences” in Richter, pp. 915-926.

Eliot, T. S. “On *The Waste Land* Notes” in Norton Critical Edition, pp. 112-113.

—— Eliot, T. S. "Tradition and the Individual Talent" in Richter, pp. 537-541.

—— Eliot, T. S. *The Waste Land*. Norton Critical Edition. Edited by Michael North. New York: W.W. Norton, 2001.

—— Eliot, T.S.. "Philip Massinger" originally published in *The Sacred Wood*（1921）, reprinted in Bartleby.com. Website.

North, George. *A Brief Discourse of Rebellion and Rebels by George North: A Newly Uncovered Manuscript Source for Shakespeare' s Plays*. D.S. Brewer, 2018.

Mu Xin. *An Empty Room: Stories*. Translated by Toming Jun Liu. New York: New Directions, 2011.

Richter, David H.（editor）. *The Critical Tradition: Classic Texts and Contemporary Trends*. Third Edition. Boston and New York: Bedford/St. Martin's, 2007.

Wordsworth, William. "Preface to Lyrical Ballads" in Richter, pp. 306-318.

汉语

木心，《伪所罗门书：不期然而然的个人成长史》，广西师范大学出版社，2008 年。

木心，《温莎墓园日记》，载于《豹变》，广西师范大学出版社，2017 年，第 185—201 页 .

木心，《知与爱》，载于《木心诗选》，广西师范大学出版社，2015 年，第 235 页。

童明，《互文性》，《外国文学》2015 年第 3 期，第 86—102 页。
童明，《尼采－德里达－卡斯：何为自由游戏中的自由》，《外国文学》2021 年第 2 期，第 88—99 页。

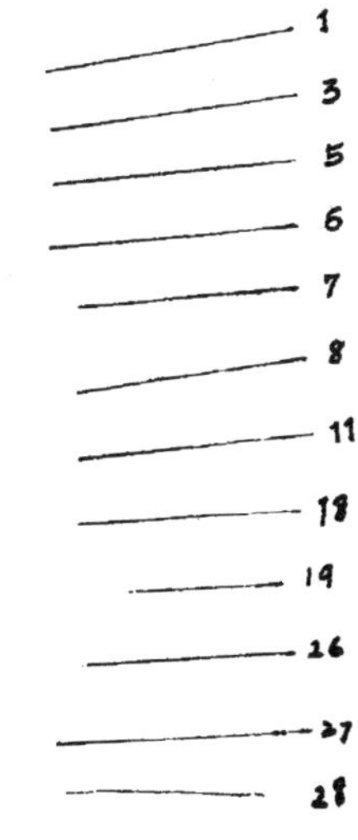

1
3
5
6
7
8
11
18
19
26
27
28
33

《豹变》代序

一

《豹变》的十六个短篇是旧作，都在不同的集子里发表过，从《温莎墓园日记》就收了七篇。按照木心先生的心愿，以现在的顺序呈现的十六篇是一部完整的长篇。木心先生和我从1993年酝酿这个计划，到今天《豹变》以全貌首次出版，已历时二十余载。这薄薄的一本书，却有它自己的分量。

2011 年，我翻译的英文本木心小说集 *An Empty Room: Stories*（《空房》），由美国 New Directions 出版，收了十三篇，却没有《SOS》《林肯中心的鼓声》《路工》这三篇。其中缘由一言难尽。可以一句话说清楚的是，缺了这三篇，还不是木心设想的那部完整的长篇。

木心先生在世时，我们时常对话，可称为“正式”的却只有两次。一次是 1993 年夏天，我受加州州立大学的委托去找他；另一次在 2000 年秋季，应罗森科兰兹基金会的邀请。所谓“正式”，其实很自由，无所不谈。他不愿把我们的谈话归于“访谈”一类，一直以“木心和童明的对话”称之。1993 年初夏，我们商定选十六篇为一本书，计划先出英文版，再出中文版。这个出版顺序后来没有变。英文版(十三篇)2011 年发表；现在，这个完整的中文版（十六篇）也出版了。2009 年，木心给这本书取名《豹变》。出这本书，我向先生做了承诺，如今《豹变》面世，我深感欣慰。还有几句渴欲畅言的话，事关木心文学艺术的纲领大旨，谨此为序。

二

成集子的短篇小说可分两类。一类，短篇收集，各篇自成一体，称短篇小说集。另一类，还是短篇收集，但各篇既独立，又彼此相连，形成一类特殊的长篇小说a short story cycle，照英语译为：短篇循环体小说。《豹变》属于这第二类。

确切说，这种长篇是现代主义文学中的一个类别。二十世纪初的英美文学里，有安德森的《俄亥俄州的温斯堡镇》、海明威的《在我们的时代》、福克纳的《下山去，摩西》、乔伊斯的《都柏林人》、格特鲁德·斯泰因的《三个女人》等，都是短篇循环体小说。十九世纪和二十世纪，不少作家用这个小说类别创作，形成独特的长篇小说传统。在各个短篇怎样相互联系的方式上，各家有不尽相同的结构原则。我和木心讨论，认为《豹变》和海明威的《在我们的时代》，在结构原则上不谋而合。当然，木心和海明威的写法各有千秋。这样类比，是为方便了解《豹变》和短篇循环体小说传统之间的关联。

新的文学类别都有前世和今生。如果在古时，短篇循环体小说应该是“讲故事的集子”（tale-telling collections），如《一千零一夜》《坎特伯雷故事集》《十日谈》等。中国的章回小说，还有其他类别的小说，不在此列，区别在于其中的篇章能不能相对独立存在。

现代文学异于前现代文学之处，亦不可低估。现代主义文学（美学现代性的一部分），以形式和语言的创新为动力，其中佼佼者标示了文体和观念的前沿，又称“先锋派”（avant-garde）。木心文学重要的一面，就是他写作的心态是先锋派，即便在他用古汉语创作时。

我们经历的现代化有一套价值，自十八世纪的启蒙形成体系，被称为“体系现代性”。美学现代性，体系现代性：这两个现代性（现代价值）之间始终存有张力。现代主义求创新虽然是现代的性格，但必以“生命的哲学”（借本雅明语）为其底色，显然不同于以利益为驱动的现代化。本雅明写过“论波德莱尔的一些母题”，他的概括清晰而准确：几百年来，文学家和哲学家致力于美学现代性，共同建造“美学经验结构”，为的是抗衡布尔乔亚文化代表的“异化经验结构”。

文学的思辨发乎生命，贴近人性，以不同于政治判断、道德判断、纯理性判断的美学判断为特征。先锋派善于美学判断，以此审视现代化中人的处境，不轻信“光明进步”的高调，对体系现代性也始终保持警觉。美学现代性是另一种现代性，有人喻之为“对位式的现代性”(contrapuntal modernity)，意思是它以音乐变奏那样的方式回应体系现代性。

体系现代性自有其人文关怀，集中体现在1948年联合国通过的《世界人权宣言》；另一方面，体系现代性有一套宏大叙述，用“科学、理性、主体”等关键词表示一种信心：历史必然进步。历史应该进步，这是人类共同的梦想，无可厚非。但是，把人类发展史等同于自然进化史，进步的“必然”就成了麻醉剂，有可能成为忽略人性、践踏人的生存的托词。资本主义和社会主义共同的源头是启蒙的体系现代性，两者都采用宏大叙述的逻辑和语汇表述其合理性。宏大叙述的调子高昂起来，就只许乐观，不许悲观；太阳拼命光芒四射，却否定自己有影子。然而，鲜活的思想需要影子的荫蔽。

布尔乔亚引导的现代文化，本质贪婪又庸俗，却迅速学会了宏大叙述。贪婪借此而高调，庸俗借此荣耀，结果是：人的异化不断扩延。美学现代性的抗争看似弱小，却以弱为强，最终以弱胜强。战火中的蒲公英，野地里的草，生命力都很顽强。1993 年，木心在和我的对话中说："'人'要绝灭'人性'的攻势越演越烈，而我所知道的是，有着与自然界的生态现象相似的人文历史的景观在，那就是：看起来动物性作践着植物性，到头来植物性笼罩着动物性，政治商业是动物性的战术性的，文化艺术是植物性的战略性的。"这番话不仅是木心的艺术观，也指向他的历史观、世界观、生命观、社会观。

美学对体系现代性的思辨，并非否定。启蒙的体系现代性有两面，它产生的自由、平等、民主、社会正义等是进步的价值。真的照此努力，人的状况就不会被搁置不顾。1784 年，康德撰文《什么是启蒙？》，提出启蒙是在言论自由的条件下独立思考，摆脱被别人监管的幼稚状态。康德为启蒙定了一个前提。之后的历史很复杂，启蒙的遗产也很复杂。二百年后的1984年，福柯（M. Foucault）又撰文《什么是启蒙？》，凭借后见之明指出：我们应该继承启蒙的正面（positives），拒绝其负面（negatives）形成的“启蒙讹诈”。启蒙的负面包括：“理性”一旦脱离了人文思考就变成工具，可服务于殖民、专制、帝国扩张。

“什么是启蒙？”并非问一次答一次便可一劳永逸。美学现代性一直问，在问中创新。

文学针对现代化做出的反应，产生了浪漫主义、现实主义、现代主义，等等。世界文学史揭示，现代主义因为看到浪漫主义和现实主义的局限，并与之区别，进而得以发展。

浪漫主义看重的激情和想象力，本是人性中可贵的成分，也是艺术不可或缺的特质。然而，激情也需要反讽，想象缺不得冷静，否则，我们会看不清自己和现实。福楼拜写《包法利夫人》，有两个并行的目的：梳理浪漫情感，揭露布尔乔亚文化如何拿着庸俗当光荣。这本小说因此成为现代小说的先驱。《包法利夫人》的象征意义是：须经过一次克服浪漫主义盲点的“情感教育”（福楼拜另一本小说的书名），文学才能现代化。几百年来的现代文学名著，都有这种“情感教育”的力量。木心属于这个文学常态。理解木心的文字，“情感教育”这一点至关重要。

十九世纪，现实主义继浪漫主义成为另一文学思潮，之后又有批判现实主义、社会主义现实主义等。文学和现实当然不可分，但现实主义的问题，是所谓文学“反映”现实的主张。文学之为文学，离不开丰富的想象力，也离不开虚构，所以文学和现实的关系，不是“反映”，而是“意味”。文学能给人感染和启示，恰恰因为它和现实若即若离。反映论还忽略了一件事：现实，已经是不同版本的话语；文学不创新，就会把某种现实的话语当作自然语言，失去的不仅是文学语言的陌生感，对现实的认知也趋于保守。在现实主义高涨时，福楼拜、陀思妥耶夫斯基等人都断然拒绝被贴上“现实主义”的标签。

二十世纪上半叶，匈牙利马克思主义文学理论家卢卡奇摆起擂台，挑出“现实主义还是现代主义？”的大旗，要把现代主义归为反现实一类，贬为腐朽没落的资产阶级文化的产物，已经是按二元对立的逻辑摆出的大批判姿态。现代主义的基点也是文学的基点：人性、世界、历史都是复杂的，不可盲目地乐观。它的新见解是：只有做形式的创新，才能深究各个现实版本的符号编码，深刻介入现实。归根结底，现代主义和现实主义是两种不同的哲学性格。现实主义依然存在。但是，卢卡奇阐释的理论趋于僵固；作为文学争论，这一页已经翻了过去。

以上这些话，涉及怎样评价木心风格之意义，因为提到的人不多，也因为有人不恰当地把木心放在现实主义或浪漫主义的传统中类比，所以赘言几句。

现代主义已是世界范围内的文学洗礼。十九世纪，现代主义已经氤氲欧罗巴和俄罗斯。后人论起，以福楼拜、波德莱尔、兰波、陀思妥耶夫斯基等人为之先驱。他们是先锋派之先锋。二十世纪初，欧美再度勃兴现代主义，普鲁斯特、卡夫卡、叶慈、庞德、乔伊斯、艾略特、福克纳等，举起先锋派的旗帜。俄国文学承继十九世纪的伟大传统，势头丝毫不逊于欧美。六十年代起，拉美和非洲也出现现代主义的大趋势，只不过获得了另一个名称："魔幻现实主义"，亦即以魔幻的方式思考历史和现实。作为世界文学现象，先锋派个个身手矫捷，成就不凡。

"五四"时代，鲁迅代表的新文学真诚地趋向世界的大潮，实为现代主义在中国的初次见证。后来，战争阻断文化，单一意识形态禁锢思想，吾国文学在狭窄的格局里自成一统。久而久之人们产生幻觉，以为这就是世界的常态。"凡是民族的，就是世界的"。其实未必。此话泛滥时，一片井蛙之鸣。二十世纪八十年代，突然间获知外面的世界很精彩。视野的开阔，意味着思想的活跃、艺术的创新。又一轮现代主义出现，确实的可喜。唯其势单运薄，又确实的可惜。现代主义还顶着"腐朽反动"的帽子，突然偃旗息鼓，先天和后天的不足可想而知。

木心全方位地浸润在世界各个文明的文学艺术中，默默研习几十年，很晚才出现在国人视野里。他的归来，有如晨风唤起了回忆，清新，也令人意外：为什么此人经历过各个历史时期的诸多磨难，仍然保持自由的个性，而且他的写作居然没有与中国传统断裂，也没有与世界断裂。

面对这位迟来的先锋派，也有指指点点，似乎此人来路不明，要查查户口再说。

在当下的文化里，说木心是先锋派不仅尴尬，还有些讽刺。曾几何时，现代主义被否定，连贝多芬的无标题音乐也被批判。如此等等并未反思，也没有反思的机会，荒谬和戾气便一起沉潜，积淀在集体无意识，任由“过去”指导“当下”。既然“文学是现实的反映”依然天经地义，谁又理会世界文学已经历过现代主义的洗礼？既然何为美学前沿还在云里雾里，谁又在乎什么先锋派？木心被发现，赞叹中混杂着否定，时而还听得见几声诅咒。木心是谁？“野地玫瑰”。“那末玫瑰是一个例外”：例外的文风，例外的情感方式，例外的思维表达。

惊艳，惊叹，惊愕，惊恐，四座皆惊：此人的汉语写作还真不错！再读，似懂，而非懂。有惊而醒者，必会想到：这“例外”带回来的岂不是世界文学的“常态”？那么，我们为何而惊？钟声为谁而鸣？

木心的先锋性还有一个因素：他走向世界，发现了昆德拉、纳博科夫这样的兄弟。他们和木心一样，同是“带根流浪”的人。木心直呼“昆德拉兄弟们”，足见其情深义重。上世纪八十年代起有个新的称谓：diasporic writers（我译为“飞散作家”），正是此意。美国学者克里弗德（James Clifford）有个极简的归纳，说这些作家是 rooted and routed，亦即：带着家园文化的根，做跨民族和跨文明的旅行。国内学界按人类学和社会学的惯例，以前将 diaspora 译为“流散”或“离散”。但一直沿用下去，就未能顾及这个概念的历史和当下的变化。Diaspora，其希腊词源指植物靠种子和花粉的散播而繁衍，即为飞散；后来，此词长期和犹太民族的历史连在一起，加重了苦难的内涵。“离散”的译法突出的是犹太人离开家园的痛苦；八十年代之后，这个词的语义被重构，不限于犹太人的经历，指的是当代文化文学的新现象：一些作家在跨文明、跨民族的旅行中，展示了类似文化翻译和历史翻译那样的创新。于是，diaspora 一词更新后的含义归返古意，译为“飞散”更贴切。

和木心聊过 diaspora 的来龙去脉，他赞赏“飞散”

的译法，也把自己归于此列，他的作品里频频提到“飞散”。

在国内的学术刊物和论坛上，我解释过为什么当代的 diasporic writers 应该用“飞散作家”表述。有一次，我告诉木心：国内不少学者不喜欢“飞散”的译法，坚持用“离散”或“流散”。木心说：“下次回国讲课，你问大家：有两个同样主题的学术会议，一个叫飞散文学会议，一个叫离散文学会议，你们愿意去哪一个？”木心的话并不全是玩笑，因为他理解得很准确：当代“带根流浪”的作家，少了一些悲苦，多了一分生命繁衍的喜悦。

飞散作家中标示新的前沿者，实为当代的先锋派。木心是飞散作家，也是先锋派，这两种特质在他身上和谐并存。

带根流浪多年后，木心归来，认真对人说：他是“绍兴希腊人”，别人以为他开玩笑。也有人尊称他为“国学大师”，他马上谢绝，说：中国需要的不是“国学大师”，而是“创新”者。

长途跋涉之后，木心再次踏上故土，乡情仍浓，乡愿乃无。晚年的木心壮志未酬，他满怀期待，却没有想到走进了一种喧闹的“常态”，难掩失望。风中也有好消息：许多人，更多的是年轻人，厌恶了虚伪的思想形态而向往真诚的文学艺术，其实是向往生命中的真实经验。生命意志在，汉语在，希望在。在希望的视野里，还好有木心这样的作家，代表着文学艺术坚韧的植物性，“郁丽而神秘”，终能够以弱胜强。

三

《豹变》作为短篇循环体小说，结构蕴涵一种分与合的特殊关系：以碎片为分，又以碎片为合，正所谓：形散而神不散。

碎片式文体（a fragmented style），是欧美先锋派的创新之一。段落内、段落间、篇章间的那种不连贯，最终在秘径上连贯。

碎片形式的好处，在于它以审美的陌生感（defamiliarization）挑战惯性思维。所谓碎片，因其质地各不同而丰富多样，可唤回现代生活中忘却的那些真实经验，又在美学的探索中将碎片接起来。现代诗歌上最有名的碎片体，当属艾略特的《荒原》。这种写法影响了许多作家，海明威的《在我们的时代》（*In Our Time*）就是一例。碎片式文体，放在前现代不易理解，随着电影时代的到来则顺理成章。有人将海明威的《在我们的时代》与电影的蒙太奇相比，称这种结构为“断裂的原则”（the principle of discontinuity），看似断，断而不裂。尼采的箴言体未尝不是如此，言简意赅的片段，经由阅读获得的感悟而连贯一气。木心擅长的俳句，也是这样的。

木心和海明威都是擅长短篇的作家。长篇和短篇小说的真正区别，或许不在篇幅。福克纳有一次被问，您怎么成了长篇小说家（novelist）的？他答：吾之首爱为诗，尝试写诗而未成功，进而尝试仅次于诗之短篇，也未成正果，这样，我成了长篇小说家。福克纳的幽默，暗示美学中的一个认知：短篇小说更接近诗的况味。福克纳也并非前功尽弃，他把诗和短篇的尝试再用于长篇，小说更加精彩。

擅长短篇的作家中，许多人把短篇小说写成散文诗。俄国作家里，契诃夫、屠格涅夫、布宁、纳博科夫等，都擅长短篇，且文字隽美，收放自如，篇篇可比精磨的钻石。木心曾说“我常与钻石宝石倾谈良久”，寓意在此。

布宁的短篇精美，是小说更是散文诗，今天提起的人不多。有一次，木心无意提到布宁，如数家珍。他喜欢的钻石宝石真不少。木心这个钻石宝石鉴赏家，看重的散文家又多是思想家，如：老子、孔子、蒙田、卢梭、爱默生。他敬重耶稣的原因也与众不同。他说：耶稣是集中的艺术家，而艺术家又是分散的耶稣。

品文学如同品人，各有所长，不是非黑即白。赞赏以短篇为基础的小说，并非要贬低一气呵成的长篇。陀思妥耶夫斯基善于长篇，不仅篇幅长，气息也长，缠绵于人性的复杂和冲突。纳博科夫说陀氏文字有时粗糙。那又如何呢？陀思妥耶夫斯基造的是金字塔，不是钻石。钻石和金字塔之间，无法以优劣评判，而钻石与钻石之间，金字塔与金字塔之间，还是有优劣之分。

木心的短篇，以哲思和情感互为经纬，形成散文、诗、小说之间的文体，讲的不单是故事。他的文字精练，暴雨洗过一般干净。他把生命中的磨难冷淬成句，呐喊也轻如耳语；笔调平淡而故实，却曲径通幽。他善反讽，善悖论，善碎片，善诗的模糊，善各种西方先锋派之所长，善用闲笔的手法说严肃的事理（这一点和伍尔芙夫人何其相似），把本不相关的人和事相关起来，在平凡中荡起涟漪，有中国散文的娴雅，有蒙田式的从容，能把世界文学中相关的流派和传统汇合形成自己的文体。《诗经演》在台湾初版时，木心曾以《会吾中》为题，暗示着自己的风格。

《豹变》的碎片感，皆因各篇质地相异，形式灵活，所以结构近于海明威式的"断裂原则"。

碎片式文体的长处，可以换个文学例子来说明：有一种发源于古波斯的诗体，叫"加扎勒"（ghazal），两句为一诗段，七个诗段以上构成一首诗，而每个诗段可以在主题或情调上相对独立：一段宗教，一段回忆，一段爱情，一段历史，一段童话，一段超验。这样的构造，因其灵动而美不胜收。

就现代小说的艺术而言，短篇循环体小说如何由碎片而整合，有一些规律可循。《豹变》的路数，有下面几点可供参详。

一、短篇循环体小说的首篇，通常是引子，或称序曲。有些引子，明确点出全书主题。如安德森《俄亥俄州的温斯堡镇》的首篇，阐释了“怪异”这贯穿全书的文学概念的哲学意义。还有些引子，仅以氛围托出情感基调，暗指主题，如海明威《在我们的时代》的首篇。《豹变》的首篇是《SOS》，像音乐叙事曲一样按节奏展开，在生死至关的一刻戛然而止，隐约似有一种人文精神的宣示：人类会遭遇不可预知的灾难，而博爱（爱他人、爱生命）和生命意志力不会泯灭。我认为，这其实是木心深爱的陀思妥耶夫斯基的最终主题。《豹变》结束篇的《温莎墓园日记》与此主题呼应，只不过主题经发展，落在“他人原则”（下面详述），着重于如何以爱（爱他人）抵制无情无义的现代商业文化。

二、《豹变》有个时间序列，暗合一个艺术家的精神成长史。书名“豹变”源自《易经》革卦：“大人虎变，小人革面，君子豹变。”大人，坐拥权位者，其威如虎，变化莫测。而小人，变化也很多，都在脸上。唯君子之变，经漫长而艰辛才有绚丽，是为“豹变”。幼豹并不好看，成年之豹才有颀长的身材，获得一身色彩美丽的皮毛。木心向我解释书名时说：“豹子一身的皮毛很美，他知道得来不易，爱惜得很，下雨或者烈日当空，他就躲着不肯出来。”君子豹变，是由丑变美、由弱到强的过程。有一点需要解释：木心心目中的君子不是孔子所说的君子，而是艺术家。豹变比喻艺术家的成长。

此外，“君子豹变，其文蔚也”。“文”同“纹”，指《豹变》斑斓多姿的文体。

《豹变》中的豹变过程，大致看得出童年、少年、青年、中年几个阶段；而私人的经历又对应着“二战”前、“二战”、“二战”后、建国后、打开国门的世界等阶段，个人和历史、中国和世界就这样自然衔接了。

三、“我”和他人。海明威的《在我们的时代》由尼克故事和非尼克的故事杂糅而成。这两类故事放在一起造成“断”的印象，却又相互诠释，彼此暗合。《豹变》的杂糅方法又不同。表面看，叙述者是清一色的第一人称“我”。但是，这个“我”有时在几个故事中是同一人，有时则不是。有时，叙述者身份被有意模糊。这里有两个文学原则需要说明：其一，第一人称的“我”虽然带有作者经历的痕迹，故事却是虚构的，不能当作木心的回忆录阅读。木心始终坚持：虚构的才是文学。其二，“模糊”（ambiguity）不是作者的疏忽，而是一个特定的修辞格，是美学特征。

具体说，可以理解为同一个“我”连接的故事，明显的是第二至第五篇。有些故事的“我”（如《魏玛早春》），和前面故事的叙述者似乎同一人，但不能确定。有些故事里的“我”明显另有其人，如：《静静下午茶》中的“我”是英国女性；《SOS》的医生国籍不详；《温莎墓园日记》的“我”虽是男性，但种族、年龄等有意被模糊。

人物身份的模糊，也可从木心的“他人”美学原则做解读。英文里的 the other 可译为“他人”或“他者”，不仅指别的人，也可以表示另一个时空、另一个文化、另一种经验，等等。在木心笔下，“我”和他者，既分又合，开辟了种种可能，是他的“魔术”法则。

木心的“他人原则”与萨特的不同，木心侧重人性中爱的能力，意味着“我”可以融入更广泛的生命经验。木心在《知与爱》中说：

我愿他人活在我身上
我愿自己活在他人身上
这是“知”

我曾经活在他人身上
他人曾经活在我身上
这是“爱”

雷奥纳多说
知得愈多，爱得愈多
爱得愈多，知得愈多

知与爱永成正比

《豹变》中的时空、经历、文明、艺术，相互交错，我中有他，他中有我。如果阅读时一定要按某个“我”

跟踪下去，在某一刻就发现那个“我”虚幻了，因为“我”的界限模糊了。恍惚之间，阅读已经深入他者。“君子”（书中多数的“我”具有艺术家的属性）和他人融为一体时，他人也集中于“我”。结束篇《温莎墓园日记》凸显这个细节：一个生丁（一分钱美币）在“我”和“他”之间正、反面地翻转，比喻着我和他之间的相互轮回，印证生丁上的一行拉丁文：*E pluribus unum*（许多个化为一个）。更形象的印证，则是墓碑上的瓷雕：“耶稣走向各各他，再重复重复也看不厌。”

木心的诗集《伪所罗门书》也根据“他人原则”将“碎片”连结为整体。副标题“一个不期然而然的精神成长史”，可以相参。

四、飞散艺术家的主题，是各个短篇凝聚整合的另一方式。十六篇中，九篇发生在中国，七篇在中国之外的世界。（新方向出版社当时排斥了三篇，只留了四篇国外的故事，时空形式的搭配就有些失衡。）飞散型艺术家的成长，在交叉的时空中展开：家园的经历是源，生命意志是流，源流汇合，是生命，是艺术，是世界。中国和世界、家园和旅行，又是渐悟和顿悟的关系。

2000 年，木心在和我的第二次正式对话中，还用了一个生动而风趣的比喻。他说，他在中国培植了葡萄，到了美国就开始酿葡萄酒。

《豹变》的故事不能截然分为两个时空，因为故事叙述者的心理是没有时空之分的。比如，《豹变》开始的几个故事虽是往事，但那是豹变之后的艺术家“我”在回忆。

我最早读到木心文学作品是在 1986 年。令我感叹不已的，不是他和当代中国文学的写法相同，而是他的不同。如此的不同！我是世界文学的学生，自己阅读世界名著体会到的那些美学原则，在木心的文字里一一验证，时常为此惊喜。木心有一个认知：汉语文学只有融入世界文学才能现代化，才能生生不息。

四

有人说：木心的写作与汉语悠久的传统一脉相承，没有断裂。这样表述虽然不算错，却不完整。

木心的看法一直是：汉语及汉语文学必须要现代化，要现代化就要从世界文明汲取新养分，以创新来恢复汉语文化的本色。木心的汉语行文，远，可与《诗经》等古典相接；近，深谙明清和民国散文小说之韵律。他对当代汉语也很敏锐，唯独对新八股，像遇到瘟疫一样避之不及。如此的写作习惯，旨在获取干净的汉语。汉语文学的现代化，又以思想观念为首要。认真思索民族的历史，必然发现世界对于中华民族的重要，而探索世界，又进而明白自己的民族。过度强调自己民族的特殊，有可能孤立于世界，一潭死水。正因为如此，木心不要做“国学大师”，而要在广阔的语境中创新，以文化的飞散完善艺术。木心是一个多脉相承的作家。

这样的眼光和写法，落在实处，便是《豹变》中几种不同质地的文体，可大致加以区分。

有些篇章是散文诗，例如，先锋派特色的《SOS》。还有《魏玛早春》《明天不散步了》《温莎墓园日记》等篇。

《魏玛早春》尤其值得一提。四节如四个乐章，自然、神话、抒情诗、叙事，融会贯通，暗暗将歌德创造《浮士德》的经历，与大自然生发变化的神秘相比，不发激昂之声，却把人和自然在创造的主题上巍然并列。第一章和第四章，写魏玛的早春寒流反而复之，人对春天的期盼因而更加深切，烘托出歌德创作过程的心境。第二章的神话故事，讲众神在一次竞技中创造了花草，完全是木心的原创。超自然的想象，却以准确的生物学知识和词汇表述，可谓妙笔生“花”。第三章，描绘洞庭湖边一棵只在大雪中开花绽放的奇树，又是自然中的超自然，与第二章中超自然的自然，巧妙地彼此呼应。

从第二章里摘录两小段，默读之下，有一番不同的体味：

> 花的各异，起缘于一次盛大的竞技。神祇们亢奋争胜，此作Lily，彼作Tulip；这里牡丹，那里菡萏；朝颜既毕，夕颜更出。每位神祇都制了一种花又制一种花。或者神祇亦招朋引类，故使花形成科目，能分识哪些花是神祇们称意的，哪些花仅是初稿改稿，哪些花已是残剩素材的并凑，而且滥施于草叶上了，可知那盛大的比赛何其倥

偬喧阺，神祇们没有制作花的经验。

例如，Rose。先就 Multiflora，嫌贫薄，改为 aeieularis；又憾其纷纭，转营 indica，犹觉欠尊贵，卒毕全功而得 Rose rugose。如此，则野蔷薇、蔷薇、月季、玫瑰，不计木本草本单叶复叶；牠们同是离瓣的双子植物，都具衬叶，花亦朵朵清楚，单挺成总状，手托或凹托，萼及花不外乎五片，雄蕊皆占多数。子房位上位下已是以后的事，结实之蒴之浆果也归另一位神祇料理。

这其中有汉语古风的韵味，也有先锋派的大胆实验，中西的融合，多层次衔接，却能严丝合缝，实乃汉语文学现代化和世界化的绝佳佐证。

还有一些口吻平实的篇章，如：《童年随之而去》《夏明珠》《芳芳 No.4》《一车十八人》。我们比较熟悉这种叙事：少量的独白和对话，配以适当的情节，白描的手法，织造日常生活粗疏的质地，轻描淡写，意在余韵。

《芳芳 No.4》平缓开篇，款款道来，却是节奏渐强的音乐叙事诗（“No.4”是个提示），有如拉威尔的“波莱罗”（Ravel-Bolero）。一个变化无常的芳芳，与当时的政治文化中人性的扭曲纠缠在一起，成了难解的谜。浩劫之后，“我”和芳芳再次见面，几度苦思其缘由而不解，至最后一句，轻轻地说：“嘘，欧洲人是不懂这些的”，听似耳语，已是心里炸响的雷。这谜，中国人百思不解，岂能为外人道？又岂能不对外人道？

《一车十八人》，与以后社会上传出的某些版本看着相似，却不能相提并论。区别不是先后（木心的故事显然在微信传播的故事之前），而是木心用心缜密，用细节揭示当下社会中的人性丑恶，故事不急不缓，隐隐之中的悲愤和忧患，引人再探根源。

《圆光》从几个角度讲了几个故事，述说的都是人性中的灵光该是怎样，章法散而不乱，也是散文中的佳作。

“文革”背景的故事有好几篇，包括《西邻子》。此篇是东方题材，西方写法，重点在“我”的心理。叙事直入心内的暗影，而结尾的意料之外，全在人性的情理之中。

与《一车十八人》和《同车人的啜泣》不同,《路工》中的“我”身处国外。但这三篇都揭示了“我”与“他人”之间的心灵感应，演绎了“他人原则”。

再说说风格更西化的那些篇章。《静静下午茶》，背景和人物都是西方的，唯一的中国元素是“侄女”回忆起她的中国同学曾经教她怎么泡红茶，加玫瑰的红茶至今留下余香，淡淡的一笔，不多也不少。此篇最具现代小说特征之处，是“侄女”被设定为“不可靠的叙述者”(an unreliable narrator)，由此引发贯彻全篇一层层的反讽（irony)。“我”(侄女）知道当年的实情，却不直接在长辈面前说破往事，不是她不能，而是出自掩藏很深的自私动机，不肯说。她的自私自利是故事的焦点。没有西方现代小说的阅读经验，不易体悟到这些。有个朋友曾兴致勃勃地告诉我，他和妻子都喜欢《静静下午茶》。一问才知，他们真的把此篇当作喝下午茶的甜点了。然而，木心写的下午茶一点也不甜，意在反讽，直指人性中的猥琐。

像《静静下午茶》这样欧风的有好几篇,收入《豹变》加强了时空重叠感。如《林肯中心的鼓声》，集激情、幽默、讽喻于一身，难以归于某个品类，需要细读方可识别其中多个意向。粗略地讲，总是不到位的。

《豹变》各自独立的故事可以从不同角度加以相连。《明天不散步了》和《温莎墓园日记》在某种意义上可归为“散步”类的散文，可以溯源到卢梭的《孤独散步者的遐想》的散步者、波德莱尔《巴黎的忧郁》中的“城市浪子”（flâneur）。在欧洲现代文学传统中，这些散步者或城市浪子的观察和思考超出了日常的意义，承担起哲学和艺术性的意义。木心熟知这类散文或诗，他借用时又自成风格。木心的散步式散文颇有后现代之风，烙刻着当今文化旅行的标志，应归于“文化飞散”一类，有待研究者慧眼识别。

当年木心写《明天不散步了》，某个周末一挥而就。纽约有位台湾作家，读后拍案叫绝：“我们中文里也有了伍尔芙夫人一样的意识流了！”此话固然不错，但意识流如何流，流到何处，对木心，如同对伍尔芙夫人，才是关键所在。

《温莎墓园日记》，书信加散步的遐想，寓哲理于景物，以“他人原则”的延伸为这本小说作完结篇。

我的好友康图教授（Roberto Cantu）读完我和木心的第一次对话和《温莎墓园日记》之后感动不已，在凌晨给我写信说："木心在接受童明的采访时，坦言了他的衡人审世写小说，用的是一只辩士的眼，另一只情郎的眼，因之读者随而借此视力，游目骋怀于作者营构的声色世界，脱越这个最无情最滥情的一百年，冀望寻得早已失传的爱的原旨，是的，我们自己都是'他人'，小说的作者邀同读者化身为许多个'我'，'文化像风，风没有界限'（木心语），这是一种无畏的'自我飞散'（a personal diaspora），木心以写小说来满足'分身''化身'的欲望，在他的作品中处处有这样的隽美例子……'双眼视力'是个妙喻，而受此视力所洞察所浏览的凡人俗事，因此都有了意想不到的幽辉异彩。"

《空房》是一篇"元小说"（metafiction），国内少见尝试者。"元小说"，即探讨小说艺术的小说，亦即探讨小说的惯例、路数及各种小说策略会有何种后果或价值的小说。元小说不易写，写不好味同嚼蜡。《空房》却写得妙趣盎然。"我"在"二战"后，漫步至荒山野岭，走进一座破落的庙宇，上楼来不见有人，但见一间如婚房的粉色房间，虽空空如也，地上铺满柯达胶片盒，还有散乱的信件，署名“梅”和“梁”，没有明确的年月日。如果他们之间发生了一段爱情，怎么会是在战乱时期的这里？“我”绞尽脑汁，至少作出七项的推断——排除浪漫不切实际的可能，却没有排除人性中爱的坚韧。

我曾就此篇求教于木心，他说：“这是在探索如何写作，就是要把那些缠绵的浪漫情节排除在外。”有心人读此篇，细嚼几番，不难体味其中浓淡相宜的“情感教育”。

最后谈谈《地下室手记》。前面假托伊丽莎白·贝勒虚构的引言，是木心委托我写的。这里的五节，产生于特殊的历史背景。而木心意在“虚”写，通过具体时空凸显艺术的力量。上世纪七十年代，木心曾在上海某个地点被非法囚禁，在阴湿的防空洞里被囚禁数月，用写检查省下的六十六页纸（双面一二三页），密密麻麻写了一部散文长篇。如今存放在木心美术馆的这部作品稿，字迹已模糊不清。2000 年，木心应罗森科兰兹基金会的请求，费了一番气力从中梳理出五个短篇，由我译为英文，发表在耶鲁大学出版的文集里。

在那个我们称为“十年浩劫”的年代，木心活了下来，他说不能辜负了艺术的教养。生命意志和艺术品格在木心身上获得了一致，这五篇是见证。《地下室手记》中的防空洞是现实的，而木心写的每一篇却是想象力的产物。

《豹变》的篇章都是虚虚实实。为什么强调文学虚构？因为，观察到的，未必有想象到和感悟到的更真实。

五

我是木心作品的第一个英文译者。因为美国大学的工作繁忙，我一直在工作之外找时间一篇一篇翻译。译作先发表在美国的《北达科他文学季刊》《柿子》和《没有国界的文字》等文学期刊。木心去世之后的2013年，英译本的《SOS》（即《豹变》首篇，未收入英译本）在纽约的《布鲁克林铁轨》杂志上发表，当年10月获得Pushcart文学奖的提名。英译本的《林肯中心的鼓声》和《路工》则发表在美国的《圣彼得堡季刊》。这些都是木心身后的事。

2006年前后，我和木心在纽约的文学代理人向New Directions出版社提交了十六篇的完整译本。这是一家负有盛名的文学出版社，早年出版过庞德和艾略特的诗歌。那里的编辑部收到稿件后很快通过决议，表示愿意出版，却只肯采纳其中十三篇，并不说明为什么不收入《SOS》等三篇。我们向出版社解释：那三篇是小说整体不可或缺的部分，希望收入。出版社没有回复。我们坚持,对方继续沉默。一耽搁就是几年。我们都有些郁闷。文学史上并非没有先例。乔伊斯为了出版《都柏林人》，从1905年到1914年前后向出版社十八次交稿，最后方能如愿。可是，好事非要如此磨人吗?

木心的健康每况愈下。我们同意退一步，向出版社妥协。含十三篇的英译本于2011年5月出版后，各书评机构好评如云。此书幸好在木心去世之前出版了，给了他不少的宽慰。

2010年夏，我带清样去乌镇。木心双手接过，显然很兴奋："来来来，让我看看这些混血的孩子。"翻看一阵之后，木心缓缓说了一句 :“创作是父性的，翻译是母性的。”我心里一热。

2011 年夏天，再去乌镇，见木心案头和书架上摆上一排排崭新的小开本《空房》。如果当时出版的是完整的《豹变》，那就完美了，但生命中完美的事并不多。

我喜欢木心，推荐木心，看重他的艺术品格和精神。许多人都喜欢木心的俳句，觉得好玩，幽默，机智。我也很喜欢木心好玩的这一面。但他还有另一面。《豹变》里的故事，虽然有好玩的字句和片刻，基调却是透着力的凝重。木心喜欢冷处理，他冷淬过的诗句，常常带我们走进生活中熟悉的阴影，行走间却感到一丝温暖，为之鼓舞，受之启示。我想，木心是要让我们知道，爱和生命意志是艺术的本质，也是生命的意义，这是我们在黑暗中唯一的光源。

2011 年英文版《空房》出版后，我在美国产业工人的网站读到一篇书评，说西方一些作家看似写得精致，却不像木心的小说给人以真实的力量。书评说，木心有“一种精神”。我急忙打电话转告木心，他连连说 :“对，对呀，我们是有精神的。”

我和木心相遇相知，在体验艺术品格和精神之中加深了友谊，于是彼此都感受到了：生存虽然苦，命运却可以精致而美妙。

1993 年 8 月的一天，我从美国西岸飞到纽约，兴冲冲前去拜访木心。他已经搬过几次家，那时租居在杰克逊高地的一栋连体屋里，门口正对路口的交叉处。我下午时分到达，木心早站在门前的楼梯上眺望，见我到了，快步走下来。我们热烈拥抱。

木心兴奋时，眼里闪光；沉思时，眼睛像午后的日光暗下来。接下来的两天，我们不停地谈话，东西南北，话题不拘大小。

木心的屋子呈横置的“山”字，“山”字中间的一横短下去，是间很小的厨房兼餐厅。进了门，前面的小间算作客厅，一张桌，两把椅，右面墙上是红字体的王羲之《兰亭序》拓片；穿过通道，经中间的厨房，后面一间就是卧室。我们一会儿在前厅，一会儿在中间厨房。晚上在后面就寝，他睡床上，我睡地铺，继续说话，直到睡着。到了第三天的晚上，木心半开玩笑地说：“童明呀，你再不回洛杉矶，我要虚脱了。”

第二天傍晚，在街上散步，我重复着这两天谈话的亮点，木心突然说：“人还没有离开呢，就开始写回忆录了。”两人就不再说了，沉默良久。此后我一直在心里写回忆录，久而久之，反而不知如何落笔。

谈话平缓时如溪水，遇到大石头，水会转弯，语言旋转起舞，荡出浪花。第三天晚上，十一点半左右，坐在前面小厅里，话题进入平日不会涉及的险境，话语浓烈起来，氛围已然微醺。这时，街对面的树上有一只不寻常的鸟开始鸣唱。木心打开门查看，我也看到了，是一只红胸鸟。我顺口说：“是不是红衣主教（red cardinal）啊？”后来，我向熟知鸟类的美国朋友请教，他们说不是，应该是某种模仿鸟。

模仿鸟无非是模仿两三种曲调，而这只红胸鸟可以变换五六种曲调，居然有 solo 的独唱，还有 duet 的和声。这是天才的羽衣歌手，还是天外之音？最不寻常的是，它叫得如醉如痴，一直激昂到凌晨三点，等到我们躺下了，才转入低吟。梦里还能听到它。之后，我再也没有听过这样的鸟鸣。木心也说，这是他唯一的一次，也是我们共享的唯一的一次。

木心说，我们的谈话触及了人类历史的险境，或许就要触动另一个维度。这样说，有些神秘，有点暗恐，但没有比这个更合适的解释了。

木心很在意这只红胸鸟，诗句里几次提到。我和木心一起亲历了那晚，知道整件事的不寻常，却无法向别人转述。木心向丹青他们转述，再传出的叙述也有些走样儿了。准确地说，那不是一只鸟，是来自神秘世界的信使。

我写这篇序，断断续续的，难免想到那个夏天，想起我对木心的承诺，似乎又听到了红胸鸟如醉如狂的鸣唱，不舍地把它留在记忆里，反复聆听，慢慢回味，突然间我意识到:木心已经不在了。心里，一大片空白。

翻开书，又听见他谈笑风生，就像那只红胸鸟，来自彼岸，归于彼岸，一个和我们的时空交集的时空。

2016 年圣诞前夕

辑 三

写于 2021 年 12 月 21 日

今天是 12 月 21 日。白驹过隙，木心先生离开我们十年了。在纯灵的世界里，这十年或许就一秒钟。

我这是第二次参加纪念木心的公开活动。第一次，2015 年夏天，在首都图书馆。今天，很荣幸和杭州师范大学流霞剧社的朋友们一起纪念木心先生。人间尚不安宁，疫情还未过去，这次只能在云端和大家聚会。每次纪念木心先生，我都感觉他在现场，知道我们要说到他。

先生有点腼腆，好奇心却很强，大概会点燃一支烟静静地听我们诉说。各位朋友，我们用木心熟悉的语言和他对话吧，告诉他这里是文学人的聚会，文学一家人。

木心的散文小说《温莎墓园日记》，要旨是爱：男女之爱、对他人爱、爱自然之博爱，以及，无情和滥情如何扼杀人性中的爱。

小说里这样写："远古必定发生过这样的事，有人，不知是男是女，在世上第一个第一次对自己钟情已久的人，说，我爱你。……[那感觉必是] 极度震骇狂喜，因为从来没有想到心中的情，可以化作声音变作字。"之后，一代一代的人重复说着"爱"，却未必记得这个字的意义。直到温莎情侣（爱德华八世和华利丝 · 辛普森）出现了，"古典的幽香使现代众生大感迷惑，宛如时光倒流，流得彼此眩然黯然，有人抑制不住惊叹，难道爱情真是，真是可能的吗"。温莎情侣去世以后，苏富比（Sotheby's）将他们两百多件爱情的信物珍物公开拍卖，珠宝专家对温莎公爵和公爵夫人的爱情加以鉴定，于是"无价的，有了价"。木心写道："刑场、赌场、战场，俱是无情的场，苏士比拍卖场也是无情的场。”

虽然这是二十世纪初的事，我们依然生活在无情滥情之中。无价的，有了价，一钱不值的，定出了天价。一切都可买卖，以买卖审视一切，包括基本的良知。

《温莎墓园日记》中，和温莎情侣对应的还有一段奇特的爱的故事：小说中的“我”和一位陌生人在没有见过面、相互并不认识的情况下，轮换翻转墓碑顶上一块生丁（一分钱的美币），生丁的背面是一行拉丁文：*E pluribus unum*（许多个化为一个）。此与彼之间如此信任的情景，看似不可思议，却“与爱的誓约具有同一性”，默默反驳无情滥情的时代。

木心有着与众不同的“他人原则”：

我愿他人活在我身上
我愿自己活在他人身上
这是“知”

我曾经活在他人身上
他人曾经活在我身上

这是“爱”

雷奥纳多说
知得愈多，爱得愈多
爱得愈多，知得愈多

知与爱成正比

（《知与爱》）

这样的爱，以耶稣为其象征颇为恰当：“耶稣走向各各他，再重复重复也看不厌。”（《温莎墓园日记》）木心说，耶稣是集中的艺术家，艺术家是分散的耶稣。他心目中的艺术家涵盖极广，包括我们归为哲学家的老庄、诸子百家、蒙田、尼采、爱默生，还有各宗教中的启蒙者。

木心一生锲而不舍所追求的，是包括文学在内的艺术。他心里的艺术，与无情滥情截然相反，也难以被无情滥情的时代所理解。

他相信有力量的美学；他相信艺术激发的生命意

志力，足以抵抗一个又一个的逆境；他相信艺术蕴藏着博大精深的智慧，足以使个人在孤独的处境中保持清醒的判断。真正的艺术家以古今中外所有伟大的艺术家为其楷模和源泉，不会陷入某个固定模式的囹圄。艺术使我们认识高贵，高贵出于平凡，出于平等待人的谦卑。艺术家，贵而不族。木心和我常谈起《红与黑》，常谈到被人误读误解的于连。《红与黑》所彰显的高贵，包括了蔑视：蔑视应该蔑视的人和事；也包括了爱：以内心自然生发的激情去爱值得爱的人和事。爱人，爱生命，爱命运！

艺术的启迪从源源不断的生命中涌出；在有限生命中追求无限可能性的创新者，才担得起艺术家的称号。艺术家懂得爱，懂得高贵，因为他们将生命意志置于与宇宙永恒生命的对话中。因为如此，艺术家能够辨识人性中的扭曲和丑恶，懂得善恶的深意："无善无恶心之体，有善有恶意之动，知善知恶是良知，为善去恶是格物。"（王阳明）

有一次，木心先生说海德格尔的行文太烦琐艰涩；他喜欢简约。我和他"抬杠"，说，我正准备要走进海德格尔。木心大概喜欢我的倔强，给丹青他们的文学班讲了这件事。隔了这么久的时间，我已经翻过了海德格尔这一页，还是想借今天的机会给先生一个最简短的读书心得：海德格尔的方法固然烦琐，不像我们东方人简约灵活，但他在《艺术作品的起源》里努力证明一个不容易证明却值得证明的道理：艺术的本质就是生命的本质。因为这一点，我们应该向他致敬！

木心告诫我："艺术的道路是伟大的，但是如果走在这路上的人不伟大，会被这条路给拱出去。"他还说过："艺术自有摩西。"意思是：艺术家对艺术的法则也要了然于胸。

今天许多人在读木心。要多读，他的作品远不止于《从前慢》。多读还意味着读木心也读的作家和作品，读木心没有读过的优秀作品，阅读是扩展视野。

读懂木心，要多注意他的文学形式，注意他文学叙述的丰富多样。这样的工作做得还不多。我不赞成的一个研究方法，是把木心虚构的作品完全当作了他的自传资料。这样读，恰恰忽略了他的文学性，所做的研究也不够可靠。

要紧的一点，爱木心，就要懂得他心里的爱和蔑视；不要把他的艺术思想当作拍卖品，当作市场的交易。

木心的作品写给有心人。读懂了其中的伤心动情之处，也就豁然开朗。

感谢你们给我机会，在这个特殊的时刻讲几句纪念木心的话。木心与我们同在：

待到其一死
另一犹生
生者便是死者的墓碑
唯神没有墓碑
我们将合成没有墓碑的神

（《五岛晚邮》之《除夕·夜》）

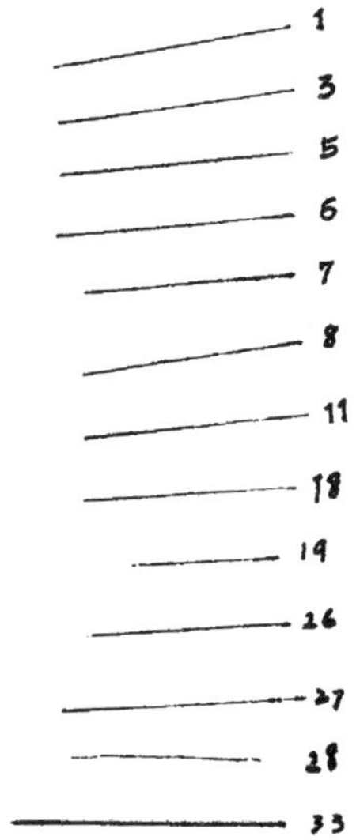
1
3
5
6
7
8
11
18
19
26
27
28
33

花市情人们的决心

2 月 14 日，木心的生日，也是情人节。《从薄伽丘的后园望去》是一首与情人节有关的诗。诗中说："花市情人们都下了决心。"是什么决心？

"情人节"是汉语的说法，英语是 St. Valentine's Day，圣华伦泰的节日，并没有提"情人"二字。其他欧洲语言的表达也一样。这一天里，情侣之间，小朋友之间、子女和父母之间、小学生和老师之间，都可用 my Valentine（我的华伦泰），以表达爱情、友情、亲情。

St. Valentine's Day 起源于华伦泰这个人。公元三世纪，罗马帝国有个皇帝叫克劳狄二世，是个暴君，穷兵黩武，到处打仗。他认为未婚男子是最佳兵源，所以下令：禁止所有的年轻男子结婚。那个时候，男女结合必须通过基督教仪式的证婚。华伦泰是基督教的修士，他抵制皇帝的禁令，秘密给相爱的男女证婚，让他们免于被强征服兵役。皇帝得知大怒，逮捕了华伦泰，并于公元 269 年 2 月 14 日杀害了他。以后一代又一代的人，在这一天用爱的表达缅怀华伦泰。华伦泰成为圣人：圣华伦泰。我们称这一天情人节，也去花市，也买花送花，但许多人没有听说过圣华伦泰。

木心深知个中深意。在二十世纪后十年的历史变革期间，他写了首诗，用情人节（圣华伦泰日）的寓意，诠释柏林墙被拆毁这个历史事件：再怎么专横的克劳狄二世，也敌不过红玫瑰代表的生命意志。

诗的标题：《从薄伽丘的后园望去：柏林墙拆毁有感》。薄伽丘，意大利文艺复兴时期的作家，《十日谈》的作者。"从薄伽丘的后园望去"，亦即从文艺复兴的故乡意大利向北边的德国眺望，看见柏林墙的拆毁，燃起了“再生”（文艺复兴）的希望。Renaissance 有两个相互诠释的意思：再生；文艺复兴。

全诗如下：

从薄伽丘的后园望去：

柏林墙拆毁有感

从薄伽丘的后园
便可望见文艺复兴已隐现在
花市情人们的决心里
立志不再屈辱于黑暗愚昧
用官能的新法，去抵触，反抗
南欧北欧，都一样
为了忘却和修复
忘却业经身受的罪恶
修复中古人破碎的心
一个贵女辩解道
我，我们这样躲到乡间来

在此地可以听到鸟的叫声
看见绿的山野，海浪般涌动的麦田
深深浅浅各色乔木灌木
我们又可以远眺广袤的天空
难道，难道不胜过污秽的街道
阴闷的斗室，荒凉的城堡
正是这样，薄伽丘，妥玛·肯比斯
都想从自己内心起
凭借与天主的神交
整合普遭凌迟的精魂
知道花市情人们都下了决心
其实自己先下了决心
在后园，踮足引颈，已望见“再生”

1989

诗中没有提华伦泰，也没有提克劳狄二世，但“花市情人们的决心”等词语，是很清楚的提示。情人们去花市，不只是闲逛，也是纪念那个人，那件事。诗中说：“花市情人们的决心里 / 立志不再屈辱于黑暗愚

味 ／用官能的新法，去抵触，反抗”。“官能的新法”看似弱，实则强。更何况，花市永远有情人，情人永远有花市。

爱的本质是爱生命。“贵女”道：渴望自由，难以忍受“污秽的街道 ／阴闷的斗室，荒凉的城堡”，所以到乡间来听“鸟的叫声”，“远眺广袤的天空”，在山野、麦田和树林中，修复“破碎的心”。

薄伽丘和妥玛·肯比斯（Thomas Kempis，文艺复兴时期的宗教作家）试图寻求宗教式的救赎：“凭借与天主的神交 ／整合普遭凌迟的精魂”。而“花市情人们的决心”是另一种的救赎：凭着生命的本能、生命的尊严、生命的自由、生命的意志，足以迎来“再生”。

童心未泯的“我”悄悄在诗尾现身，忍不住要加入花市的情人们，辩称“其实自己先下了决心”，所以要“在后园，踮足引颈”，先睹为快。

当代的华伦泰为情人节而作的情诗，花市的情人们，读之而荣耀，咏之而高尚。

我们默默走近他，轻唤 my Valentine，献上深红的玫瑰。

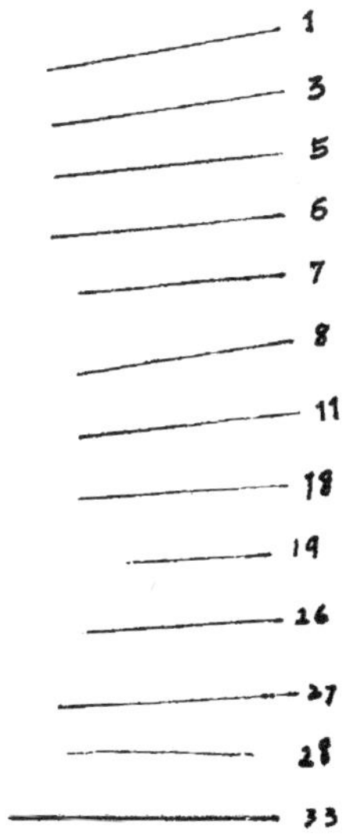
1
3
5
6
7
8
11
18
19
26
27
28
33

一副对联里的故事

一　形式的内容

曾问木心先生怎么评价宋词，他说：良莠不齐，其中不少沦为“美文”。他显然认为文学的主轴是人文精神，不赞同美文即文学。由此可见，文学作者的才气，应该是才能和气节的熔冶。2006 年他回国后，对人说他是“绍兴希腊人”，并非戏言。“希腊”指的是他和西方文明的渊源。强调他是“绍兴”(而不说乌镇)人，除了指明那是他的祖籍，还有一层意思：鲁迅、秋瑾，都是“有骨江南”文化的代表。虽然木心的文字较为含蓄，不像鲁迅先生频频亮剑，但是行文的进退收放，一招一式，也足见其风骨。

桃子鲜美的外表，是和果肉果汁果核一体的。木心的笔调内敛而含蓄，文字里有才能也有气节，含着精神的汁液。

木心的一副对联，或者说是一副对联长短的两个版本，细品之下意味深长。当年他在纽约讲世界文学的时候，提到下面的对联：

> 张之洞中熊十力；
>
> 齐如山外马一浮。

这副对联传播开来，有人在网上问：这是什么意思？有位网友的解释很到位：“单从对仗来说，可谓工整。首先字数相同，结构一致。‘之’和‘如’虚对虚，‘洞中’和‘山外’，‘熊’和‘马’，‘十’和‘一’实对实。再看韵律，仄（力）起平（浮）落，也是符合对联的基本要求的。总结起来，在形式上这是一副对仗十分工整的对联，而且巧用四位人名，妙趣横生。”

说到内容，这位朋友表示疑惑：“从内容上来说，此联似乎没有什么特殊含义。至于张之洞、熊十力、齐如山、马一浮四人，除去马一浮和熊十力二人并为‘新儒家’代表之外，几乎没有什么必然联系。张之洞是晚清重臣，和熊、马、齐三位民国人物八竿子打不着。齐如山是戏曲名家，和熊十力与马一浮也没有学术上的交集。熊、马二人倒是朋友，看来此处对仗也是巧合。若按字面解释，此联内容可谓不通，张之洞是什么洞？齐如山又是何山？熊若有十力，马一浮怎么解释？”其实这番思考再继续下去，就豁然开阔了。

一副好对联能启发联想，不同的联想，不同的旨趣。解释对联可开拓游戏的空间。譬如，对联缩短为“洞中熊十力；山外马一浮”，可有两种解读。一解：熊纵有十力，却困在洞中；马在山外，轻轻一跃即腾云而起。二解相反：洞天虽小，熊积有如来十力，或可破洞而出。山外之马虽乃神驹，终究是心造的幻觉。

如果“张”作“张望、张看”解，“齐”作“治理”

解（如“齐家”），可按当下流行语解读：我观世人不过洞中笨熊，空有十力，治理得像山外似的样子，其实呢，神马都是浮云。这肯定不是木心的本意，他听了也会被逗乐。

我下面给的解释，不是答疑解惑，只是继续木心对联的游戏。如尼采所说：游戏可以认真（Play in seriousness）。一认真，游戏的严肃性就显现了。

我觉得这副对联的巧妙，在于选了现代的四位名人，却只添了“中”和“外”两字，落笔之轻，如蜻蜓划过水面。但是这四人的故事各有分量，凝聚起来具有象征意义，指向现代的中国。添上“中”“外”二字，如同画龙点睛，顿时一条龙活了起来，腾空而起。

所谓“中外”（“洞中”和“山外”的关联），是现代中国史上纠结不已的主题。那么，这四人的故事如何相互对应？对“中外”主题有什么启示？

这些问题暂时搁置，先说另一件事。

我和木心有过两次正式的访谈。第二次访谈在2001年，访谈记录英语版发表在耶鲁大学的专集。第一次访谈是1993年7月，天南地北，谈了两天。其间木心谈到如何写俳句、作对联，提到他的这副对联。他随手拿起一张纸头，添加几字，改成一个稍长的版本（见影印件）。所以，这副对联有一长一短两个版本。长版本是：

羡君辛弃疾张之洞中熊十力；

愧我霍去病齐如山外马一浮。

从影印件可以看到：纸头左侧是木心列的菜单，我们当天的晚餐菜名。“羡君”的“羡”写了，又画掉，想想又保留下来。字条上的“诚、亦”两个字不作数，是木心为了启发我，改这副对联还有别的可能。

长版本比短版本多出的十个字，将一脉人文风范和精神，贯穿于华夏古今历史。此版本除了形式上对仗工整，还有历史内容的相互映照。因为增加了两个历史人物，对联变成六个人、六个故事，以各自的方式与中华民族的命运纠缠在一起，放在一起产生的相互应答，如同西方音乐中的赋格。

以后我了解到其中更多的细节，才明白木心一些没有明说的意图。

二 古今对照

霍去病和辛弃疾对仗工整，以这两个人名作对，木心绝非第一人；不过，放在这副对联里却有些新意。

霍去病，西汉抗击匈奴的名将，汉武帝欣因他的赫赫战功，以“勇冠三军”之意封他为冠军侯。

辛弃疾，号称南宋“词龙”，生于金国，少年抗金归宋，后在南宋为官，有心报国而无力回天，激情壮志付诸文学。

辛弃疾视霍去病为榜样。抗金时,他将原字“坦夫”改为“幼安”，激励自已效仿霍去病抵抗异族侵略。

辛弃疾文武双全，气盖山河，我们自然是“羡君”不已。“愧我霍去病”，面对冠军侯我们后人有种种的不如，自叹有愧。“羡”和“愧”相对，都是肯定两位古人的精神和情怀，为这个长版定了调，与后面近代的四个人物古今对照，画面更宽广。

三　中西碰撞

先说短版的对联，似乎是晚清以来中国历史的某种缩影。这一段时期，中国在传统和世界潮流的碰撞之中，经历了现代化的种种阵痛。因为一直有人依恋旧时的帝国大梦，不情愿接受世界文明的模式已经改变的大势，西化还是国粹就成了一个自扰的心结。

“洞中”自有小天地，“山外”可观大世界。两者本不应该相互否定，却常常被截然对立。所谓抵制“西化”，本质是拒绝自我优化，拒绝世界潮流。强调这个和那个自信，好像自暴心虚。中西截然对立形成的伪命题，此起彼伏，在洞中就成了常态。

张、熊、齐、马四人的故事里，摆脱不了中西二元对立的影子，而每个人在民族复兴的看法和做法上，又兼有“中外”。

论出身，张之洞和熊十力都是国学的背景，称为“洞中”人未尝不可。

齐如山和马一浮，都曾游学国外，可算作“山外”派吧。

然而，究其思想史上的作用，张之洞和熊十力的见识更开阔，更山外一些。齐如山和马一浮在后期则潜于国粹之一隅。我们一家一家地梳理,故事就清晰了。

晚清有些朝官被称为清流派，虽然崇拜君主制，却敢于对朝政弊端提出谏言，意欲改善当时中国的现状。张之洞是清流派，一生周旋在清廷权力的中心，意欲通过温和的改良，促进中国向近代国家的蜕变。张对西方有一定的认识，但是与康有为、梁启超代表的激进改良派主张又不同。

张之洞国粹的一面，表现在他对翻译名词的憎厌，曾下令：所有文牍“均宜通用纯粹中文，毋得抄袭沿用外人名词,以存国粹”。有一考生名叫冒征君,字鹤亭,经济特科考试时在答卷中用了“卢梭”二字，被阅卷考官张之洞看到,遭贬斥而不中。张之洞是直隶南皮人,时人称为张南皮。有人写诗调侃：“赢得南皮唤奈何,不该试卷用卢梭。从今卷起书包去,且应明年进士科。”又有一次，他请幕僚路孝植草拟办学大纲，见到拟文有“健康”一词，勃然大怒，提笔批道：“健康乃日本名词，用之殊觉可恨。”

张之洞如此国粹，还是办了洋务。他是继曾国藩、李鸿章之后的“第二次洋务运动”中的领军人物。“中学为体,西学为用”这句话,就出自张之洞的《劝学篇》。张之洞这样记录自己的活动：“洞近年以来，于各种新学新政提倡甚力,倡办甚多,岂不愿中华政治焕然一新,立即转弱为强，慑服万国？”（《蕉廊脞录》）他在湖北兴实业、练新军、办教育，功不可没。后来，晚清遗老们视张之洞为清朝灭亡的祸首。

1909 年，张之洞去世。家人经过一年的准备，于 1910 年 12 月将张之洞与三位夫人合葬在河南省南皮县双庙村。一年后，辛亥革命推翻了清帝国。

民国时期，曾国藩、李鸿章、左宗棠、张之洞等晚清重臣，继续受到世人的尊重。孙中山在视察武汉时说，“张之洞是不言革命之大革命家”，感谢张的洋务为辛亥革命提供了物质、人才和思想的基础。史学家蒋廷黻在《中国近代史》（1937 年）中惋惜，洋务运动如果早二十年就好了。

“张之洞中熊十力”。熊十力也可算作国粹派。1919 年他在天津执教，结识梁漱溟。后来受聘为北京大学特约讲师。早年研究佛教的唯识学。抗战末期出版《新唯识论》语体文本和《读经示要》。1949 年以后，熊十力过着足不出户的学者生活，潜心研究国学。1949 年至 1954 年他在北京，之后就去了上海，自有不便明说的理由。熊十力研究国学很有心得。比如他对中学和西学里辩证法迥然相异的看法，相当犀利，遗憾是没有看到更深入的讨论。熊先生把国学和政治混在一起的时候，有些天真，或许是无奈。

1951 年，熊十力在北京写完《论六经》，其中对六经中的《周礼》（又名《周官》）阐述甚多，认为：《周官》《春秋》的社会主义与民主主义为同一系统，是孔子为万世开太平之书，是中国文化与学术思想之根源。此论民族激情四射，却少了一些“山外”之见。

上联说“洞中”，对应下联的“山外”。去过“山外”并见识过世界的，是齐如山和马一浮。

齐如山生于 1875 年，光绪三年。十九岁时进同文馆研习德、法、俄文。庚子事变之后，齐如山辍学经商，设义兴局商号于京师。武昌起义时，他以义兴局掩护革命党人，资助革命活动。光绪末年，民国初年，齐如山在国内招工招生，频繁往返于中法之间。在欧洲期间，他闲暇之时喜欢观赏欧洲戏剧。

受西方戏剧影响的齐如山，起初对国剧颇有微词。他在回忆录里说，他早期的讲演和著书都是“介绍西方戏剧的长处，贬抑我国戏剧之不进步……岂知研究了几年之后，才知道国剧处处有它的道理，我当时所说的那些话，可以说是完全要不得的，是外行而又外行”。

齐如山和梅兰芳的合作，是他一生的亮点。在这个合作中，齐如山世界性的眼光起了一些作用，使得梅先生能亮丽地将京剧推向世界。

1913 年，齐如山在北京观看了梅兰芳主演的《汾河湾》，认为梅先生在这出戏中的表演有改进余地，便致信提出意见，梅先生欣然采纳。1914 年，他与梅兰芳见面，成为梅家书房中的常客。

齐如山为梅兰芳编创的时装戏、古装戏以及改编的传统戏共二十多部。梅兰芳 1919 年、1924 年出访日本，1929 年出访美国，1935 年出访苏联。这几次出国演出，齐如山都参与策划，还随同梅兰芳出访日、美。“京剧”被称为 Peking Opera，起因是梅兰芳访美的成功。其中有齐如山的一份功劳。1933 年，梅兰芳举家迁居上海，齐如山则留在北京。二人长达二十多年的合作就此结束。齐一直住在北京东单附近，直至 1948 年去了台湾。

再说马一浮。他十六岁应科举乡试名列榜首。1901 年他与谢无量、马君武等合办了《翻译世界》。1903 年，马一浮留学美国，学的是欧洲文学，后又游学德国和日本，研究西方哲学。1911 年，马一浮回国支持孙中山领导的辛亥革命。抗战期间，他任国立浙江大学教授。1953 年，任浙江文史馆馆长。虽然是学西方文学的出身，他后来的工作却更多落在国学上。马一浮与梁漱溟、熊十力合称为“现代三圣”，是新儒家的早期代表人物之一。他的书法和篆刻也很有造诣。

四　天各一方

上联中的熊十力和下联中的齐如山，各自有一段这样的经历。

熊十力有个得意门生叫徐复观，做过蒋介石的随身秘书，任国军少将。国民党撤离大陆前夕，熊十力写信给他:“宁之中大哲系可取教书否？问[唐]君毅！”徐复观认为他这样的人怎么可能留得下，老师未免天真，回信开玩笑，说直接去问毛润之先生中大可去否。师生二人本来已生隔膜，因为徐在此之前说过老师的韩非子论是巴结新政府，这一次他又冒犯了师道尊严。熊十力一气之下说：“非我徒也，小子当鸣鼓而攻之可也！”倔脾气发作，硬是把徐复观送的十两黄金退回。

熊十力留在北京，徐复观去了台湾。从此天各一方，音讯全无。

改朝换代的关隘，齐如山和梅兰芳不忘彼此。两人最后的会面是在1947年。齐如山从北京飞抵上海的当晚，在梅兰芳家吃了涮羊肉。齐如山住在侄子家一个星期，梅兰芳每天都来拜访，梅夫人还亲自送来衣服。返回北京之后齐如山即赴香港，1949年由香港去了台湾。齐如山到台湾后，曾在1949年3月23日致信，邀请梅兰芳和言慧珠去台湾演出。当时上海还在国民党控制之下。梅兰芳于3月26日复信回绝。

从此，梅兰芳在海峡这一边，齐如山在那一边。

五　浩劫的经历

对联里近代的四个人物，除了齐如山去了台湾，另外三人都有“文革”中的经历。

“文革”开始时，马一浮住在学生蒋国榜的宅院里，被红卫兵当作封建余孽赶了出来，蒋、马两家的财物被一扫而空，藏书和手稿不是被焚毁就是被当废纸卖了买包子充饥。一生耿介的书法大师，向抄家的人恳求：“留一方砚台给我写字，好不好？”得到一记耳光。有一次，马一浮向朋友打听外面的事，听到潘天寿等人在浙江美术学院礼堂里被挂牌批斗的情形，悲叹不已。马一浮死于“斗批改”深入的1967年。

此浩劫之所以是恶，有许多原因。原因之一是不少人当时做过错事坏事，而后却极少有人有勇气出来忏悔。极“左”思想不经清理，一有气候就复活。能站出来说清楚当时之事，对历史、民族和自己都是一个交代，有助于清理我们心里的雾霾。假如在马家抄家和打马先生这一耳光的人能够忏悔，岂不是一个立地成佛的机会？

尼采是说过“上帝死了”，却很少有人知道他是怎样宣布这个死讯的。尼采虚构了一个疯子，大清早提着灯在集市上到处问：“你见到上帝了没有？”见所有的人都不明白，于是说：“上帝死了！上帝死了！是你和我杀死的。”浩劫中的熊十力活脱脱是尼采笔下的疯人。当时知识界乌烟瘴气，熊十力受到严重的冲击。一生孤傲的他，穿着褪色的灰布长衫，腰间扎根麻绳，一人走在街上和公园里，双眼含泪，念念有词。1968年5月，八十四岁的熊十力怀恨长逝。

前面提到那位网友在解读木心对联时说：“张之洞是晚清重臣，和熊、马、齐三位民国人物八竿子打不着。”本来确实是八竿子都够不着的，居然也拉上了关系，是又一桩奇事。

张之洞于1909年逝世，1910年下葬。因为他办洋务的成绩受人尊重，墓葬也始终完好。到了1956年，牟安世所著的《洋务运动》问世，成为否定“洋务运动”的转折点。对张之洞的评价也就从“晚清儒臣”“洋务巨擘”变为“洋奴”“卖国贼”。有人统计过：从二十世纪五十年代到七十年代末，批判张之洞的论文有二十多篇。1966 年提出破四旧，亦即“破除几千年来一切剥削阶级所造成的毒害人民的旧思想、旧文化、旧风俗、旧习惯”。之后，寺院古迹被冲击，神佛塑像、牌坊石碑被捣毁，大量的藏书、名家字画被抄被烧。还刮起了掘墓风，连孔子的墓也不能幸免。1966 年秋的某天，造反派用铁锤钢钎打开张之洞的棺木，看到了传奇小说里才有的情景：但见张之洞头戴官帽，面如活人，胸前飘洒几缕银髯。见证人说：“全身是完整的，皮肉干白，贴在骨头上，衣服见风后就成了布片，到处飘散。”

就这样，张之洞“被”参与了“文革”，也就和熊十力和马一浮扯上了关系。至于齐如山，他本人在台湾，逃过一劫。

那年夏天，木心给我讲了熊十力、马一浮、齐如山的故事，这些我以前并不知道。木心跟我详谈起张之洞被人掘墓这件事，面色沉凝，久久不语。

六　木心的启示

木心更看重文学通过虚构获得的真实，并不愿意写自己的传记（但不反对别人写）。他发现了一个美学原则：艺术家的传记，最好是艺术家把自己投射到他人的故事里完成。木心的作品里，他中有我，我中有他，是一种文学化了的传记。问木心，什么是艺术？他以各国的艺术家为楷模。在他看来，尼采、陀思妥耶夫斯基都是艺术家。耶稣也是。“耶稣是集中的艺术家，艺术家是分散的耶稣。”他们都活在木心的身上，见于他的文字。

对联简练，容量却很大，其中的内容可以解读，意图有待揭示。

木心自己对“文革”的看法，与对联里隐含的“文革”主题有关。和许多人一样，木心深受“文革”之害，切肤之痛必有清醒认识。不同的是，他又能抽身事外，在更广阔的历史、哲学、艺术和生命的视野中评价之。

1971 年至 1972 年，木心在上海某单位的防空洞里被非法囚禁。过来人都知道，这类的事当时屡见不鲜。不同的是，木心在囚禁期间用写检查留下的六十六页信纸的两面，密密麻麻写了一部和历史人物对话的“手记”，类似意识流的散文。

他在去世的前一年说，“[当时] 我下了地狱，莎士比亚、莱蒙托夫还有许多人都和我一起下了地狱”。这部手稿还在，字迹已模糊，无法完整复原。2001 年，木心誊写出其中五段，由我翻译成英语面世，以《狱中手记》称之。其中有一段是“论幸福”，笔调从容，幽默且深刻，令人无法想象是冰冷潮湿的地窖中之作。2000 年，我受罗森科兰兹基金会和耶鲁大学的委托，和木心做第二次访谈。问木心当时的情况，他倔强地答道：“当时许多的人以死殉道，我决心以生殉道。”以有限的生命，殉无限的艺术之道，木心一直这样实践自己的诺言。

等我读到熊十力、马一浮“文革”中更多详情时，木心已经去世。我才明白：这两人也是木心，正如木心也是他们。

对联提示的一个历史教训，可以延伸展开：中与外、华夏和世界，并非我尊你卑、势不两立的二元对立，而是相辅相成的。华夏文明的阴阳易变之说，从来不把相互交错的事物看作你死我活的对立。

源于苏格拉底而在黑格尔那里达到极致的二元对立有一个盲点，即假设有截然对立的两方，而各方都是铁板一块的实体。到了二十世纪末，解构哲学指出这种以“斗争”为目的的辩证法有致命伤。

西方或东方，如同光谱，都是多元的。我们看西方，须知帝国主义、霸权主义，不能和公民社会、民权运动等同。民主不是资本主义的专属，而是现代文明的特征。

有一种病叫 xenophobia（恐外症）。此病的症结不在“外”而在“内”。所谓色厉内荏，内心虚弱，惧怕投射到外部，就是恐外症。

西风东渐，为时已一百多年，始终渐不出名堂。究其原因，乃是汉文化内力既减，外来文化绕树三匝无枝可依。可以反证的是，唐代之所以能如意地融治罗马、波斯、印度的种种影响，总是由于那光景的汉文化威势十足，对于来者不仅不拒，而且欢迎。北魏时期的汉文化更自顾有余，佛教艺术传来，统统收受而且迅速放射华夏精神的异彩。那样的气度才是华夏精神。

这些话看似说远了，却正是木心的认知。

木心在纸头上送我的长联："羡君辛弃疾张之洞中熊十力；愧我霍去病齐如山外马一浮。"在当年的语境里，还有对我私人赠言的意思。或可这样解读：羡慕你年轻体健，洞中（学界里）的努力虽苦，终将有展现十力的一日；惭愧我虽然康健，寄身世外，如闲云野鹤，也总有梦醒（辞世）的一天。

如今，木心已然梦醒，驾鹤仙去。这几年对先生的思念不断，落笔就心痛，回忆总难化作文字。我和木心，都倾心于希腊悲剧之力，也是鲁迅所论的摩罗诗之力。想到此，想到他在对联中对我的期待，再也不该疏懒。

试将这副对联的长短两版并列齐观：六个人物，喻说华夏精神史；四个人物，象征中国现代化的艰难。尽管现代中国命运无比坎坷，长联里把"羡君辛弃疾"和"愧我霍去病"放在前面，似在提示：中华民族若能"弃疾去病"，留住浩然正气，延续文化血脉，放眼于“山外”，从善于“洞中”，兼收并蓄，或可再现磅礴气势。

2014 年初稿

2023 年元旦修改

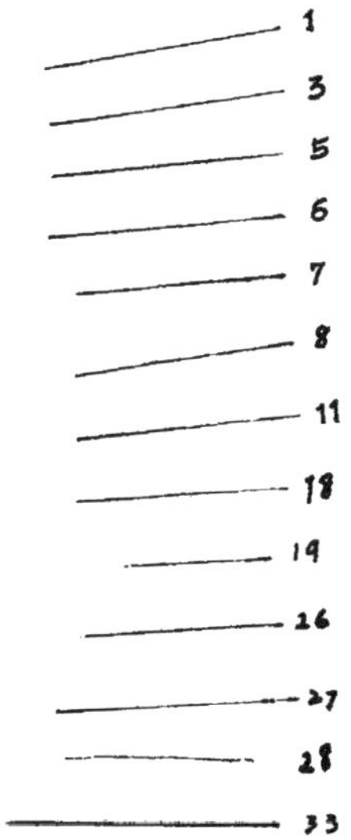
1
3
5
6
7
8
11
18
19
26
27
28
33

致谢

My profound gratitude to Arthur F. Kinney, Jules Chametzky, Robert Keefe, Robert Ackermann, Thomas Ashton, Norman Berlin, for their illuminating guidance.

My wholehearted thanks to Roberto Cantu, Ruben Quintero, Timothy Steele, Donald Junkins, Peter Brier, for their valuable comments on Mu Xin's works in English translation.

感谢木禾、俞宁、丹青、王宏超、黄晚、孙毅、吴起、毕宙嫔、邓晓洁审阅书中章节并提出宝贵的建议；感谢理想国的耐心和认真；感谢木心美术馆的大力协助。

我的妻子和儿子也是木心的热心读者，我在写作的长期岁月里得到他们坚定的支持。

木心全集
温莎墓园日记
木心全集
即兴判断
木心全集
素履之往
木心全集
爱默生家的恶客
木心全集
西班牙三棵树
木心全集
我纷纷的情欲
木心全集
诗经演

木心全集
琼美卡随想录
木心全集
哥伦比亚的倒影
哥伦比亚的倒影
木心
如果不满怀希望
那么满怀什么呢
木心全集·散文小说系列
上海三联书店
SJPC

图书在版编目（CIP）数据

拱门：木心风格的意义 /（美）童明著 . -- 上海：上海三联书店，2024.7. -- ISBN 978-7-5426-8549-0

Ⅰ .I206.7-53

中国国家版本馆 CIP 数据核字第 2024E5F707 号

拱门

木心风格的意义

［美］童明 著

责任编辑：苗苏以

特约编辑：田南山

责任校对：王凌霄

责任印制：姚 军

出版发行 / 上海三联书店

（200041）中国上海市静安区威海路755号30楼

邮 箱 / sdxsanlian@sina.com

联系电话 / 编辑部：021-22895517

发行部：021-22895559

印 刷 / 山东韵杰文化科技有限公司

版 次 / 2024 年 7 月第 1 版

印 次 / 2024 年 7 月第 1 次印刷

开 本 / 787mm × 1092mm 1/32

字 数 / 106千字

印 张 / 10

书 号 / ISBN 978-7-5426-8549-0/I · 1888

定 价 / 68.00元

如发现印装质量问题，影响阅读，请与印刷厂联系：0533-8510898